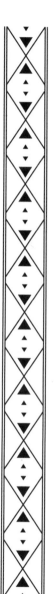

ANNALS OF THE WESTERN SHORE

西岸三部曲 I

天賦之子

Gifts

娥蘇拉・勒瑰恩 著

蔡美玲 譯

URSULA K. LE GUIN

《西岸三部曲》新版小語

向一位既寬且深的文學家致敬

親愛的勒瑰恩女士／阿姨：

您搬家去天上，已經一年又八個月。而我，竟然直到最近才發現這項事實。好大的震驚！

作為您六部名作的譯者，我壓根兒沒想過您會離開人間。總以為，您是永活的。當然，從作品的角度看，說您永活人間，一點兒也沒錯。

景仰您的讀者，遍布世界各地。我們的心田與靈魂，始終感動於那些隱藏在文辭語意之間，您既溫暖又智慧的觸摸。這種閱讀，並非一般，感覺起來很像坎伯「比較神話學」所揭示的英雄旅程，且是多層次的旅程：一方面，陪同書中角色經歷磨難和成長；另一方面，我們反觀自己的人生，赫然發現其中有本質上的相似與彷彿……

「真理只有一個，聖賢以許多不同的名字稱呼它。」這是坎伯很喜歡也經常引用的印度經典語。他並且常說：神在我們裡面。也說，人要成長，上十字架受死然後復活，是唯一方法——像耶穌。

看來，神話佛學道學或基督信仰，彼此沒衝突。您也這麼認為，對吧？

幾年前，我翻譯並撰寫作品的伴讀與譯跋時，偏向於以您親筆翻譯的《老子道德經》精神意涵，去領會他們。若從神話角度去讀，相信啟迪同樣豐盛。

您一向欣賞中國古代經典。印地安人的神話傳說、甚至世界各地神話傳說，都受您喜愛。這一點，與專長比較神話學的坎伯，很是相合。

還記得我們讀大學，畢業前，必須交一篇論文。依循當時興趣，初探的主題就是宗教與神話。到了寫碩士論文時，依然沒跳離這方向，因為寫的就是《地海傳說》呢。讀外文的我，拜您作品之啟引，大大擴展了閱讀範圍。

也記得，後來在母校教書，發表論文時，總繞回相關題旨。比如其中一篇叫〈自我與自由的魔幻表演：凝視地海巫師及四十四號神秘怪客〉。

不只一次翻譯您的大作，真的深心感激。因為那也等於汲取神話智慧，深入認識個人「內外宇宙」的良機。

您在很多場合提過，從小在父親的書架看到並閱讀不少中國經典書籍。我們的四書之一《大學》，您一定翻過。台灣學生都上過相關課程。但，我以前上課可能不甚了了，以至於不久前，萬分驚訝地讀到徐醒民老師講解《大學》的書，開篇碰到這樣的字句：「……破除掉這個自私自利的心，那就是一切人都平等，沒有分別……我們每個人都拿現在這個生命現象當作我，其實這不是真我。這個我是有生有死，……真正合理的是沒有生死……」

哈利路亞！原來，生死是假的！以前……怎不知道呢？

親愛的勒瑰恩阿姨，您，也沒有死。我相信。

今天您去到了天上，與父母、與您父親的印地安終身朋友聚首。相信，您一定也見到了我們的孔子孟子、以及您摯愛的老子……甚至，也見到釋迦牟尼、耶穌基督……吧？您們一起，正可以為上邊引用的大學講解，共同作個見證：生死完全是假的。

那麼，我們這些塵世人，若延伸您在《天賦之子》中揭示的「看」；《沉默之聲》中的「聽」；《覺醒之力》中的「歸來重生」，其實可以在心裡，與天上的您們神遇神會，相聚相談……從中，或許能偶得悟道瞬間，來超越舊己束縛，做個靈裡得勝的人。

愛您的，中文版譯者　美玲　敬上

二〇一九年十月

譯者解說

至大無外；至小無內

——簡介「西岸三部曲」與作者勒瑰恩

譯者／蔡美玲

繼「地海系列」之後，今年八十二歲的勒瑰恩以嶄新的「青少年文學」樣貌，再度來到我們中間，分享她獨到的敘事魅力。

敘事學有個論點認為，「怎麼說」比「說什麼」重要得多。舉世公認，勒瑰恩是個很知道「『怎麼說』故事」的作家，因此，整理出這份書前簡介，只是為了便利青少年讀者，若選擇自行探索發現（收穫可能更大），略過不讀也沒關係。畢竟，小說本身才是有內容、有層次的精品，錯過了就可惜。

聆聽勒瑰恩講述四位青少年如何歷練成長的故事，細細去體會，不但暖胃暖心，連靈魂也獲滋養——借用第二部女主角的話：「整個靈魂宛如被重塑」；借用第一部男主角歐睿在

第三部裡說的話則是：「『愛、學習、自由』三方面的尋求，可增益及強化靈魂。」

底下為大家介紹圍繞著愛、學習、與自由而寫的三部曲——

一、故事概要

第一部《天賦之子》

「西岸」北方的高山區，不同「世系」各據山頭，他們天生擁有母傳女、父傳子的天賦異能，作用是保疆衛民，但有的人會作破壞性的使用。男主角歐睿所在的克思世系，擁有被其他世系懼稱為「蝰蛇」的「『消解』天賦」：一個注目、一個手勢、一個氣擦音、加上意志，可以使對象消除或還原。他的高高祖父「強眼卡達」三、四歲就展現了，十七歲即獨力對付從足莫領地來犯的偷馬賊和突襲者，結果，兩世系因此結下宿仇。

時時以世系命脈為念的父親凱諾，非常關注獨生子歐睿的「天賦」。可是，少年歐睿遲遲未能展露看家本領，父子倆在梣樹溪旁多次展開拉据戰，仍無法弄清究竟。由於懷疑歐睿可能擁有無法掌控的「野天賦」，為避免傷害到家人，也基於保衛領地的考量，歐睿接受父親的安排，蒙上雙眼，前後三年。

歐睿的母親湄立，是父親年輕時下山到平地搶來的。平地人沒有天賦異能，但湄立知書達禮，時常為愛子講述歷史故事和史詩，甚至親自為兒子製作「布質」書，以彌補高山區沒有書本的缺憾。蒙了眼，聽故事、講故事成為母子深度交流的美好管道。一年後，母親很不幸死於仇家阿格領主的「慢耗」天賦。母親辭世後，歐睿內心怨怪父親不採取行動為母報仇。

歐睿的好友桂蕊，生於擁有「召喚」天賦的貝晞世系，是父親拜把兄弟的獨生女。到了能展露天賦的豆蔻年華，桂蕊也不肯使用，因為她不想用它召喚動物供人獵殺。然而，她冷靜的天性和天賦卻喚醒歐睿脫離盲目，開始展讀母親的手製書，也閱讀外人贈送的《轉化》詩集。

重新開眼的十五歲少年將如何「看懂」舊事及前程呢？父子倆如何為妻子和母親討回公道？

最後，因緣際會，一個平地流浪漢促成山區這一對因不同理由，無法施展「天賦」的青梅竹馬離鄉，下山前往平地，以另類方式使用天賦，向外傳遞那份得自父母及家鄉的厚愛。

第二部《沉默之聲》

女主角玫茉，生於南方濱海的安甦爾城，是高華世系女管家被圍城的阿茲士兵強暴所生。沙漠民族阿茲人強行統治安甦爾十七年，破壞城內眾多神廟及建物，又不遺餘力摧毀被視為邪惡的書籍，倒進城中四條運河內；當然，識字讀書是惡魔行當，也遭禁止。民間蘊釀推翻壓制者。玫茉自幼懷恨阿茲人，誓言長大後將予殲滅。

城內卻有一座歷史悠久的祕密圖書館，保存在高華世系。外族統治期間，除了身為世系後代的「通路長」、以及憑記憶暗號闖入的玫茉，沒人知道宅邸後面有個依山開鑿的藏書祕室。

幼年起，玫茉一直懼怕祕室的暗影端，因為那邊有會發怪聲的書，也有會滲血的書。祕室更深處還有湧泉、及神諭穹窿——高華世系因此自古被稱為「神諭宅邸」。玫茉有心向學，九歲起，通路長開始教她識字讀書。玫茉深愛故事、歷史、神話和詩集——特別是《轉化》詩集；十七歲讀到第一部男主角寫的《宇宙演化》，靈魂宛如被重塑。第二天，安甦爾的市場來了一位有名的說書詩人、以及有本事指揮獅子的妻子——他們正是第一部的男女主角歐睿與桂蕊。兩夫妻受邀，客居高華世系，因而聽到「夜之口」的恐怖故事：阿茲統領的一個兒子深信，邪惡的「夜之口」無底洞隱藏在城內某處，若能找到它，將派「千名真人」前往，一舉消滅黑暗。

阿茲人當中卻有深愛史詩，又懂文字力量的老統領，他在歐睿與桂蕊客居高華世系期間，不只一次下召歐睿前往宮殿，朗誦作品娛樂官員。因此，互相仇視的壓制者與被壓制者，藉由這一對外來夫妻檔，有了折衝轉寰的機會，玫茉也沒有置身事外，適時提供協助。只是，民間另有希藉武力謀反的人士。

突破性的發展臨到！宅邸那個乾涸兩百年的噴泉重新出水，祕室洞穴內的「神諭」也發聲了。但，抗暴團體無法明白神諭啟示，硬是倉促謀反，結果敗北。所幸，全城民眾在通路長無形的指揮下，一呼百應，與歐睿合作趕走迷信「夜之口」的統領之子，城市重獲自由，議會重新運作。

更重要的是，新成為「神諭讀者」的玫茉領悟到神諭與噴泉的奧妙，從而察知自己的使命與志業；並接受桂蕊的提議，將跟隨歐睿桂蕊夫妻周遊天下一段時期，做更寬廣的學習。

第三部《覺醒之力》

男主角葛維天生擁有「沼地」原鄉族人的天賦，能透過視象，看見、或憶及未來片段。一、兩歲時，他與三、四歲的姊姊霞蘿被擄到埃綽城，在議員之家的阿而卡世系當童奴。他與主人家的子女及其他童奴一起接受教育，假期也一起享受避暑活動。種種培育，是預備讓他日後擔任「夫子」，教育門第的下一代。

葛維在學堂表現優異，受夫子器重，引致其他同齡男奴嫉妒。一次「當兵遊戲」中，葛維與同為奴隸的侯比結下粱子：一位名叫明福的小童奴，被偶有躁動行為的主人次子托姆錯手害死，葛維被侯比等一干男奴凌虐受傷。諸多事件糾結，使侯比對葛維恨意日深。

霞蘿十六歲時，門第母親將她送給長子亞溫做為二十一歲生日禮物，兩口子恩愛甜蜜。好景不常，葛維自幼所見的視象真的實化了：鄰國卡席卡果然入侵埃綽城，包圍一年。其間，葛維兩次奉派至公務單位服役，第一次慘遭侯比欺凌。第二次工作較輕鬆，且幸運結識幾名受過教育的成年奴隸，接觸到新觀念和新書籍——包括詩人德寧士的《轉化》、以及歐睿的《宇宙演化》和知名創作〈自由謠〉，他的思維受了啟發。

圍城期間，全民缺糧。霞蘿飢餓和營養不良，懷胎七月的早產兒夭折。不久，圍城的軍隊被埃綽騎兵突破，自由重獲，舉城狂歡。包括托姆在內的紈褲子弟從此放浪形骸。一天，霞蘿被托姆和侯比偕同友人強架至富家莊園的「溫泉」，意外慘死。

摯愛的姊姊埋葬後，悲慟的葛維盲目出走，在失憶中經歷奇異旅程約三年，先後遇到瘋隱士的救助；「森林兄弟」等人的相伴，開始了「說故事」的活動。接著進入達尼藍森林，受到林中城市「森林之心」的首腦知遇之恩，進一步鍛鍊說書本事，並有機會深思自由與奴役、信任與正義……等概念的意涵。更要緊的是，一個轉折，讓他開始回頭正視不願追憶的往事，並在誠實的自省之後，不再逃避過去，而且有能力教導新來的小女孩涓立識字讀書。

之後，因故惹火了首腦而離開森林之心。葛維跋山涉水，返回視域中一再出現的「沼地」原鄉：神聖的「眾水之主」。在那裡，他與舅父姨母重逢，接受「啟蒙」成年禮及「先知」訓練——後者幾乎置他於死境。姨母在視象中看見侯比騎馬來追殺甥兒，於是催促葛維向北渡越兩條河：死亡河與重生河。

渡河前，意外邂逅森林之心的夥伴，獲知森林之心已遭焚毀，又巧遇小女孩湄立，兩人相伴北行渡河，安全抵達沒有奴隸制度的美生城，盼望就學。在大學校外，葛維會見了曾在視域中「見過一輩子」的歐睿；當然，也見到了第一部的女主角桂蕊、以及第二部的女主角玫茉。全書結束於一獅五人歡談於客居的花園裡——在自由之城內。

二、作品與作者

作品

「西岸三部曲」是一場接一場的「心靈爭戰」。雖然都有拿刀動槍的場面，但它們只做為陪襯意象，無形的爭戰更關鍵，主要戰場在「自己」裡面。歐睿、桂蕊、玫茉、葛維這四位在不同境遇中冀求「自由」的男女主角，不論是為了克服或勝過或發現或相融和解，追索到底，心戰對象都是自己，包括自己的認知、自限、自欺、怯懦、恐懼、或逃避，而背景格局，則有我們文化中的「家、國、天下」意味。

「向內走去，再出來；向下沉落，再升起」，這種自我認識和自我發現並邁向成熟光明的旅程，途中遭遇的艱險和報償的經過，勒瑰恩很早就發現，利用奇幻小說做為媒介及手段來傳達，最為合適。因此，從《地海巫師》開始，她一直偏好以奇幻小說的方式來講成長故事。她說，奇幻作品致力描繪我們人類林林總總難以置信的生存實況，而且富於「想像之愉悅」。雖然作品未必涉及日常所見的事實，但必定指陳真理。勒瑰恩說，「指陳真理」是作家的責任和任務，只不過，讀者接觸作品時，必須試著去確定，作品指陳的真理，應是通得過檢驗的真理，亦即它們必須擺脫：扭曲的含意、半真理、謊言、或廣告。

前述那個自我發現的內在之旅，勒瑰恩認為不僅與心理有關，也與道德有關。她說，多數優秀的奇幻作品大都包含明顯的是非辯證，西岸三部曲也不例外。第一部的少年歐睿就「天賦」這件事與父親拉扯；第二部的少女玫茉與內心對阿茲人的仇恨相抗；第三部的葛維從際遇當中質疑自由與奴役、信任與背叛、正義與信念、敏銳與蒙昧等等觀念及實際，在在顯示，除了心理發展，還有大是大非之辯證。〇四年，勒瑰恩受邀出席芝加哥「美國書展」兒童文學早餐會時表示，她了解，尚未成熟的兒童及青少年，會渴望並需要「確然的是非」。他們在這個擾人的塵世，拚命想為是非和正義找到一個明確的立基點。凡能提供這種大是大非之視野的，就是真正的「雄渾型奇幻作品（heroic fantasy）」。假如只是徒具奇幻形式的作品，肯定無法提升大是大非之視野。

所以說，奇幻想像可以是「倫理」的工具，因為：「想像的文學作品持續在問『雄渾氣概』是什麼，持續在檢視『真實力量』之根柢，也持續在提供『是非選擇』的多樣性。」勒瑰恩的西岸三部曲，分別於〇四、〇六、〇七年問世，可以說實際見證了上述各項主張。三部曲裡面，不管是場景的含意、情節的推展、角色的典型、成長的心路，都是讀者能夠具體把握的，因而可以說是提供給青少年的福音之作。

至於作品的構成，勒瑰恩常向好奇的讀者及訪者說，她的作品並非經由計畫或發展而來，乃是摸索發現，是作品「自己編織自己」。妙的是，以這種獨到方式構成的作品，並沒有蕪雜的亂草，而是繁花繽紛。

三部曲牽涉的主題、隱喻、象徵，非常多，而且重疊交錯，一層包覆一層，單純的小意象，合作組構大意象，最後成為挖掘不盡的意象礦藏，足夠一生掏金。勒瑰恩自己說，書中紛繁的意象、主題、或象徵，並非全部一望即知，但，她寧可不一一提出來剖析，而將詮釋空間留給擅長此道的各地師生。因此，我們遵循作者的明智決定，不涉入分析性的妄語，而是愉快邀請大家共同ＤＩＹ。但以下所列，是從不勝枚舉當中挑出的幾個方向點，希望便於青少年朋友閱讀時留意。每部曲必備的「奇幻機關」，當然也含在裡面，請一併留意——

第一部：天賦異能、梣樹（溪）、蝰蛇、蒙眼、貓眼石項鍊、馴馬、天賦、父、母、父子與母子、流浪漢、竊賊……

第二部：祕密圖書館、圖書館開門法、書籍、包含「書神」在內的眾多神明、神諭宅邸、宅前迷宮鋪地、噴泉、神諭及解讀、城市廢墟、市場、壓制者與被壓制者……

第三部：夢境視象、主奴、幼兒及早產兒、果園、申塔斯的圍城與陷落、城市、森林、沼地、沼湖、原鄉、旅程、死亡河與重生河、美生城……

貫串三部曲的共通意象也不可忽略，無論是抽象或具體，都相當關鍵，包括設景所在與相互間的關係、自然（山水、湖海、溪谷、星空、森林）、時間、空間、行旅、動物與人的情感關係、故事、讀書與贈書、犯罪、懲罰、主角的思考，敘述的時態……以上項目當中，「梣樹／ash tree」是眾星之首，這裡特別摘錄資料供參考，以利青少年讀者輕鬆邁入深度閱讀中——梣樹，學名Fraxinus來自拉丁語的「矛」，因為古代作戰用的長矛柄是用梣木製作的；希臘神話中，宙斯創造的人類是從梣樹誕生的；北歐神話中，世界由一棵梣樹支撐。

勒瑰恩曾說：「成人不是小孩死去，而是小孩倖存。」還說：「想像的虛構故事可以讓你對世界、對人類同胞、對自己的情感和命運，有更深的了解。」為加深我們的了解，勒瑰恩巧妙截取人生切片構成這些成長故事，筆調平靜內斂，少見誇張起伏的敘事。全書乍讀之下，絮絮叨叨不過是尋常生活，但，裡面沒有無謂的堆砌和無用的字句，一個個都是構成雄渾型奇幻作品的無形元素。

然而，作品再好，仍需讀者親自展讀及體會，三部曲才能真正成為個人的滋養與潤澤。勒瑰恩與她所深度認同的老子都說，是「內在眼睛」真正看明世界。所以閱讀時，願我們多運用內在之眼，以便洞悉隱身在表面文字背後的旨意。

作者

「至大無外；至小無內」出自《莊子》天下篇，指的是莊子好友惠施的個人辯技。這裡借用字面意義，來幫助我們從深處了解勒瑰恩這位又寫詩、又寫童話、又寫文論，還左右開弓，奇幻與科幻一手包的作家。勒瑰恩自己說了，「外太空」與「內疆土」永遠是她的家鄉，她持續不斷尋找方法，去擴大突破鄉土的範圍——包括她個人內在的範圍，以及兩種文學媒介的範圍。

這條讓勒瑰恩終生不感厭倦的文學道途，啟蒙很早。十二歲前後（那年發生二次大戰），一個傍晚，已經讀遍童話、神話、傳奇、民俗故事、及經典兒童奇幻故事的勒瑰恩，在家中起居室的書架找東西讀，結果摸出一本書：*A Dreamer's Tales*，那是同樣嗜讀奇幻作品的父親喜愛的書。書中附有作者鄧薩尼伯爵（Lord Dunsany）（愛爾蘭人）的照片，是個穿英國軍服的男生，外表短小精悍，長相警敏逗趣。勒瑰恩說，她當時立刻愛上那個人（十二歲那年，她愛上不少人事物）。雖然那股愛意沒有持續很久，但那本對她而言宛如「天啟」的書，卻帶領她走了很遠的路，讓她發現她的「原鄉」，也就是那個「內在疆土」（the Inner Lands），那個想像的國度。

回顧過往，勒瑰恩發覺，在還沒聽過「內在疆土」這樣的字眼以前，她其實已經朝它走去了。因為九歲那年她寫出生平第一個短篇故事（一個男子被淘氣精靈惡整），十一歲寫第一篇科幻故事（涉及時間旅行和地球生命的起源，風格輕快樂天），雖然前者未投稿，後者投稿卻被退，她並沒有很氣餒。直到廿一歲又認真投稿的她，後來成了榮獲「青少年文學『終生貢獻獎』」肯定的大作家。

大作家的文學眼光如何，很值得在此轉述，好讓我們更了解勒瑰恩其人其書。在為*Lord Dunsany: In the Land of Time and Other Fantasy Tales*一書而寫的一篇評論中（〇四年刊出），勒瑰恩說，她深愛鄧薩尼一篇公認的傑作〈Idle Days on the Yann〉。她說，她之所以喜愛那篇作品，「不僅因為它的發明與美妙讓人感覺毫不費力，還因為它溫和駁斥『衝突』、『情節布線』、以及『角色營造』等等創作教條。那篇作品摒棄了因襲老套的劣等教條，既不折磨什麼膽量，也不鬼扯什麼善惡之爭，而是讓人在純粹的故事溪流中漂浮徜徉——像莫札特的奏鳴曲，那麼清純靈巧，你完全不會想質疑它什麼。」我們手中這三部曲就很符合上述的稱讚，它們是潺潺不絕的故事溪河，邀請讀者靜靜徜徉。

那麼，這樣一位大作家如何生產她的奇幻作品呢？在前面談「作品」時，我們已經扼要提到重點。為了讓大家更了解勒瑰恩其人，這裡再分享一些。她說：「寫作時，我腦海裡沒有絲毫抽象深奧的觀念、目的或策略，只是專心堅志追隨那個故事本身……我知道，假如故事帶我走向那些仍算空洞的字眼，我就必然會發現那些字的含意與作為。而寫作過程裡，事實真的就那樣發生了……。」至於故事的具體細節，勒瑰恩說，當然還是要花心思去想像、去描繪，可信的奇幻天地才能成立。她說，「那個奇幻天地完全由文字打造，因此，文字必須精確鮮活，才能打造出精確鮮活的奇幻世界……寫作時，就安住在那個想像任務中，並且信賴：它會揭示自己……可是，假如讓一廂情願的思維、別抱目的策略、說教的目標侵入上述的信賴當中，奇幻作品必定扭曲變形，故事也將喪失可信度。」

在這樣的體會和期許中，勒瑰恩不懈地尋找內外疆土更廣遠的邊——當然，向內的，持續邁向「至小無內」；向外的，持續邁向「至大無外」。兩者的巨大範圍與空間，是她個人想像力之所需，也是她永遠的鄉土。

勒瑰恩將近八十歲時，一群深愛她的朋友和學生，合作撰寫並出版 *80! Memories &*

Reflections on Ursula K. Le Guin 一書，做為送給勒瑰恩的八十歲獻禮。紛紛按讚的各家評論說：「發現勒瑰恩，就是發現一部分的我們——勒瑰恩是那種類型的少數作家。」「勒瑰恩是我們的女先知，是大家共同擁有的智慧女子，是一位具有無邊範圍與力量的作家。」

值得一提的是，這樣一位廣受讚譽且獲獎無數的作家，〇六年到西雅圖接受一個地方性的獎項「Maxine Cushing Gary Award」時，卻萬分謙虛地說，獎項榮譽其實是透過她，頒給「文學」的。她之所以到場受獎，僅僅是充當文學的代理和替身。而且，由於那是一個地方性的小獎項，她特別開心接受。

為什麼呢？也許，認識一下勒瑰恩的成長背景，可以幫助我們瞭解她「泛愛眾，而親仁」（《論語》學而篇）的特質。

一九二九年十月二十一日，勒瑰恩生於加州柏克萊，當天是「St. Ursula」紀念日，所以取名為Ursula。她生日前兩天，迪士尼創造的米老鼠剛滿一週歲，三天後，美國發生舉國動搖、並波及全球的紐約股市大崩盤，勒瑰恩與三位兄長（其中兩位是母親與病故的前夫所生）的溫馨家庭未受影響。

從哥倫比亞大學拿到文學碩士後，不到二十五歲的勒瑰恩遠赴法國繼續讀書，在那裡結識了後來成為「法國史」教授的先生（勒瑰恩婚後冠了法國夫姓Le Guin，父姓留作中間名）。兩人婚後有三個孩子，其中一位目前是加州大學英文教授。勒瑰恩的祖父母和外公都是跟隨上一代長輩移民美國的德國人。父親Alfred Kroeber在哥倫比亞大學取得博士學位，是全美第一位人類學博士，後來成了德高望重的人類學教授，並曾擔任人類學博物館館長，著作甚豐，而且與美國印地安友人建立終生情誼。勒瑰恩的母親是心理學碩士，與勒瑰恩的父親結婚後，跟著研究人類學，並有相關撰著，夫妻感情甚篤。勒瑰恩同父同母的哥哥也畢業於哥倫比亞大學，研究比較文學，數年前病逝。勒瑰恩深厚的家學背景自然對她有影響，讓她除了文學，還接觸到「社會人類學」與「心理學」（特別是容格心理學）的豐富面。當然，這些接觸也就豐富了勒瑰恩日後的寫作，還培育了她具有開放的人類觀和世界觀，使她絕不歧視弱勢。對有色人種平等以待，甚至常為之抱不平的勒瑰恩，筆下角色大都不是白人，西岸三部曲也不例外，歐睿與葛維都是深膚色的少年。勒瑰恩提到過，美國和日本根據《地海巫師》拍攝的影片，都讓她很不滿意甚至生氣，其中一個爭議點就在於主角的膚色——地海巫師格得在美國被洗白了，渡海到日本則被洗淡了！勒瑰恩特別難以認同的是，日本的《地海戰記》動畫影片，混淆了原著的「是非感」，僅僅藉由表面的打殺來解決深層難題。她說，她絕不是在那樣的戰爭概念下構設《地海巫師》和其他作品，她也「從不為簡化的問題提供簡易的答案。」還說：「我們內在的黑暗，無法藉由揮一揮神奇的刀劍而抿除。」以上這些已公開發表的意見，可以幫助我們了解西岸三部曲的精神內蘊和肌理構成。

勒瑰恩喜愛故事，她說，幼年起，每晚一上床，她就開始對自己講故事了。她自認比多數小孩更需要故事，而且，長大後依然把故事當作理解身邊人事物的途徑。她覺得，走進虛構世界，幫助她在這個所謂真實的世界找到她的路。

小時候，勒瑰恩家裡有一屋子各類圖書，家附近還有很棒的公共圖書館，所以，酷愛閱讀的她從來不愁沒書可讀。從廣泛的閱讀中，她領會到詩人雪萊說的：「想像是傳達良質是非的絕佳工具。」她讚揚公共圖書館是「良質是非」的倉庫、工具間、神廟、音樂廳、想像力的議會大廈。因此她認為，即使僅僅是一座地方性的圖書館，也關係一國之存亡。她說：「假如我們還能想像我們是自由的，我們就是自由的；假如我們不能了，那麼，我們就喪失了自由。」

西岸三部曲的主角都在各自的人生道上努力尋求自由，他們藉由閱讀和思考，加上生活經歷與周遭親友的幫助，深刻地認識了自己，因而能和平取得內在自由。

為勒瑰恩編纂 *The Language of the Night* 論文集的 Susan Wood，在書中引述由 J. Ward 所作的訪問——

訪問者：「國家書獎」和「雨果獎」，您比較希望獲得哪一個？

勒瑰恩：噢，當然，我比較希望獲得「諾貝爾獎」。

訪問者：但，諾貝爾沒有「奇幻文學」的獎項呢。

勒瑰恩：也許在「和平獎」方面，我可以有點作為。

勒瑰恩的幽默與洞察，令人莞爾，笑談中多少透露了她的自我期許。我們與勒瑰恩、還有她書中的角色一樣，都能期許有朝一日榮獲「諾貝爾和平獎」——與天地、與人我都和解後，自己頒給自己那個大獎。

至大無外，至小無內。祝福人人得自由。

但，我們也別忘了，勒瑰恩這位從好幾個角度闡釋了自由與和平的美國阿嬤叮嚀說：「絕對的自由就是絕對的負責。」

第一章

那人遇見我們時，是迷路的。現在，他跑去更高的山區了。我為他操心。畢竟，單靠從我們家偷走的兩枝銀湯匙，未必能保他活命。然而，卻怎麼也想不到，這個迷路人，這個跑路男，末了竟成為我們的引路者。

桂蕊稱他「跑路男」。這傢伙初來乍到時，桂蕊就看透他鐵定做了什麼傷天害理的事，正在躲避仇家——也許幹下謀殺罪行、或叛逃什麼的。否則，平地人怎會跑到我們高山地區來？

「無知的緣故吧，」我說。「他對我們一無所知，才會一點兒也不怕我們。」

「但他說過喔，山下那邊的人曾經警告他，萬勿登高，來到我們這種巫類中間。」

「他對我們的各種『天賦』一無所知嘛。」我說。「對他而言，統統都只是傳言。一堆奇聞異事和謊言……」

我們兩人說的都對。因為，葉門真的跑走了。只是，在這裡好不容易努力贏得的好名聲，這下竟淪為竊賊。大概因為跟我們在這裡生活實在太無聊了。他有如小獵犬，沒一刻安靜，也一無所懼，加上天生好奇，又一副不管三七二十一的個性，所以，總是想去哪兒就去哪兒。此刻，我追憶他的口音以及說話的特色，知道他是非常南邊的人，甚至比阿爾加還要南。我們高山地區這裡的故事對南方人而言，實在就只是……故事罷了。遙遠北地各種年深日久的謠傳都說，冰天雪地的高山住著惡毒女巫，專做施魔害人的勾當。

假如，他真的相信山下岱納那邊各種道聽途說，就絕不會上到我們克思世系這兒來。而我們告訴他的話，假如他肯信，也絕不會再往更高的山區爬去。他很愛聽故事，所以我們講的故事他都認真聽，卻不相信。他是城裡人，八成受過教育，也必定走過平地那邊的大江南北。他既見過世面，那麼，我和桂蕊算什麼呢？我們一個是十六歲的盲少年，一個是十六歲的冷淡少女，困在這個自詡為「領地」，卻不過是迷信與髒汙組成的荒村裡，哪會知道什麼呢？他這個人具有一種懶洋洋、和氣氣的特點，能讓我們自然而然聊起我們了不起的力量。我們一邊聊，想必他也一邊看出山中生活的簡陋、艱辛和赤貧。務農的山民大多身殘，而且落伍。另一方面，他必定也看出除了這片暗鬱的山林，我們對山外世事一概不知。或許，這還會讓他自忖：噯呀，瞧他們，竟還大言不慚說他們擁有了不起的力量哩！可憐的小鬼頭！

桂蕊與我都擔心，葉門離開我們以後會去杰勒世系。很難想像他到了那裡，還能好端端活著當人家的奴隸。杰勒世系的艾洛為了個人消遣，有可能把他兩條腿扭絞成螺旋狀，不然就是把他的臉孔變成怪獸臉，或是真的把他的兩眼弄瞎——不像我，我並非真瞎。葉門那副天生漫不經心、傲岸無禮的態勢，艾洛應該是一刻也消受不了。

在那段相處期間裡，葉門鼓其如簧之舌時，我總是設法把他引開，遠離父親。我倒不是擔心父親會無緣無故施展他的天賦。而是因為，家父凱諾那陣子剛好沒什麼耐性，情緒也欠佳。其實，他根本很少注意葉門或其他任何人。自從母親過世，他整副心神投入哀傷、盛怒以及深深的仇恨裡。他獨自蜷縮在痛苦和復仇的渴望當中。我們家附近數英里範圍內各種禽獸的巢穴桂蕊都一清二楚，有一回，她看見高崖上有個鷹巢，一隻腐肉鷹正在孵育一對銀灰色、還沒完全成形的醜八怪雛鷹，那天剛好有個牧羊人被殺，腐肉鷹連忙前去為雛鷹獵肉。同樣，父親那陣子也正在孵育，不同的是，他沒肉可獵，餓慘了。

對桂蕊與我來說，葉門是個寶，像隻明亮的生物闖進我們的黑暗中。他餵飽了我們的飢餓，因為，我們兩個也是餓慘了。

關於平地風情，葉門講得再多，我們都覺得不夠。針對我每個提問，葉門有問必答，但往往是玩笑式的答案，讓人有時撲朔迷離、有時根本搞不清究竟。恐怕，葉門過去的生活有很多是不想讓我們知道的。還有，再怎麼說，葉門都不像桂蕊，他不是那種敏銳的觀察者與清晰的轉述者。相對來說，桂蕊有辦法毫釐不差地描述新生小公牛的模樣：外皮有點藍色，四條腿有些疙瘩、剛萌芽的小牛角長了毛等等。經她這樣描述，我就能把牠看個一清二楚。

但，我請葉門談談德利水城的種種，他能講的只不過是：德利水沒什麼城市規模啦，市場也非常蕭條，如此而已。然而，透過母親在世時的敘述，我知道德利水城不但有宏偉的紅色屋宇和深長的街道，而且有河道往來，可由石板階下探沿河的幾個碼頭泊口。至於市場呢，城中有一個鳥市場，一個魚市場，一個專售調味料、薰香與蜂蜜的市場，還有一個舊衣市場，一個新衣市場，更有好幾個陶製品大市集。所以，不僅僅創德河沿岸上下游的人愛進城，連海邊那些遙遠的海岸居民也受吸引。

或許，葉門是在德利水城偷東西時，運氣不好失手，才會對它沒什麼好說的吧。不管背後的理由如何，比較起來，葉門還是寧可東問西問，他每次問完，就好整以暇坐定聽我們說——當然主要是聽我說。我呢，一向只要有誰想聽，就會成為那個開口說話的人。桂蕊保持默然察看的習慣，由來已久，但葉門卻有辦法把她也拉出那個緘默的舊習。

我不確定葉門是否知道，迷路時遇上我們兩人他實在走運。一整個酷寒陰雨的冬季裡，接受我們兩人提供的舒適款待，他是感激的，這一點我曉得。但也看得出來，他為我們的生活感到遺憾。窩在這樣的高山裡，他當然會無聊，所以只好問個不停。

「倒是說來聽聽，杰勒世系那個傢伙到底幹了什麼嚇人的事？」他提問的聲調是十足的不信，害我必須拚了命，非說服他相信我說的全是真話不可。只是，我們平常並不多談那類事情——即使是擁有某項天賦的世系，他們也大都不談。高聲暢談那種事情好像不大自然。

「杰勒世系的天賦叫做『扭絞』。」我總算放聲講了出來。

「『扭絞』?像某種舞蹈那樣?」

「不對。」很難找到正確的字詞，也很難說明白。「是把人扭絞。」

「把人轉一圈嗎?」

「不是，是扭轉人的雙臂、雙腿、脖子、身軀。」儘管談論這主題讓人不舒服，我還是稍微扭絞自己的身軀給他看。最後才說:「昨天在貨車路上碰到的那個老樵夫郭楠，你自己也看見了。當時桂莣有告訴你他是誰。」

「他整個人像胡桃鉗那樣彎著。」

「是艾洛領主下的手。」

「像那樣把人折成兩半?幹麼呀?」

「做為懲罰。那個領主說，郭楠在他們的杰勒森林撿柴，被他撞見了。」

過一會兒，葉門說:「患有風溼病的話，就會把人折磨成那個樣子。」

「事發當年，郭楠還只是個年輕小伙子。」

「這麼說來，你並不真的記得那件事情發生。」

「不記得。」我一邊說，一邊不大高興葉門竟然半信半疑。「但他記得。家父也記得。那件事情的經過是郭楠告訴家父的。郭楠說，他根本沒進到杰勒世系的領地，只不過靠近杰勒世系的邊界而已，那裡還算是我們世系的樹林。但艾洛領主一瞧見他就大喊，把郭楠嚇壞了，顧不得背上扛著一捆柴，拔腿就逃，結果跌倒了，等他想站起來時，背部已經折彎成駝子一般，就像現在這樣。他老婆說，每逢郭楠想站直，就痛得唉唉叫。」

「當時那個領主是怎麼下手的？」

葉門會使用「領主」這種稱謂是跟我們學的，平地那邊可從來沒聽過。「領主」是稱呼某個領地的男主人或女主人，他們是那個世系最有天賦的首領。我父親是克思世系的領主，桂蕊的母親是樂得世系貝晞世家的領主，她父親是樂得世系那塊領地內各世家的領主。我們是他們的子嗣，是他們羽翼下的小鷹。

桂蕊回答葉門：「領主注視著他。」她用一貫的平靜聲調說。在我目盲期間，只要聽她的聲音，總會為我帶來微風輕拂樹葉的感覺。「然後，用左手或其中一根手指指向那個人，或許還說了他的名字，然後再講一、兩個字，或再多幾個字就成了。」

「是哪些字呢？」

桂蕊默不作聲，也許她聳了肩。「杰勒世系的天賦不是我的天賦，」她終於說：「我們不清楚那種天賦的路數。」

「路數？」

「就是讓某項天賦起作用的方式。」

「喔，那你們的天賦怎麼起作用呢？它會作用出什麼結果？」葉門問她，並不是揶揄，只有滿滿的好奇。「跟狩獵有什麼關連吧？」

「貝晞世家的天賦是『召喚』。」桂蕊說。

「『召喚』？你們召喚什麼？」

「動物。」

「馴鹿？」葉門每次提問完，都會有一小段靜默，時間長度剛好足夠點個頭。我想像著桂蕊點頭的樣子：不無熱切，卻不流露情感。「野兔？野豬？熊？對啦，要是你們召喚一頭熊，結果牠向你們靠過來，怎麼辦？」

「獵人會把牠宰了。」桂蕊停頓一下，接著說：「我一向不為狩獵召喚。」

說這句話時，她的聲音不像微風輕拂樹葉，反倒像強風撞在石頭上。

我們這位朋友一定不明白桂蕊的意思，但大概她的聲調讓葉門有點膽寒吧，所以葉門沒繼續追問她，反而轉向我了。「那麼你，歐睿，你的天賦是——？」

「跟家父的天賦一樣。」我說：「克思世系的天賦叫做『消解』。不過，葉門，我一點都不想談。請諒解。」

葉門吃驚地安靜小半晌，才說：「歐睿，我才要拜託你務必諒解我的粗陋呢。」

他的聲音很溫暖，帶著平地人特有的禮貌與柔和，感覺像母親的聲音。我的雙眼雖然被布罩遮蓋，依舊給熱淚刺痛了。

葉門或桂蕊把快燒盡的柴火重新燃旺，火的溫暖再次籠罩我的雙腿，非常舒服。

當時，我們是坐在克思石屋南角落的大壁爐前，這個角落的座位，都是利用煙囪那一面的石壁深鑿而成。當時是元月下旬一個寒冷的傍晚。我們頭頂上方，煙囪內的冬風像巨型的貓頭鷹在號叫。大壁爐的另一邊光線較亮，有幾個負責紡織的婦女圍坐著工作，她們除了少許的交談，還會哼些柔和單調的紡織長歌。我們三個人繼續在角落聊著。

「哦，那其他人呢？」葉門忍不住接著問：「談談其他人怎麼樣？就是遍布這一帶山林的其他領主。他們居住的地方都像這座石塔一樣吧？當然，他們的石塔在自己的領地之內。那些人有什麼力量？又有什麼天賦？別人畏懼他們什麼？」

此類半信半疑的小挑釁總是讓我無法抗拒。「寇迪世系各世家的女人都具有矇蔽的力量，」我說：「也可以使人耳聾、或使人失去話語能力。」

「哇，那真可怕。」他說。聽起來頗有幾分受到震撼。

「寇迪世系有的男人也有同樣的天賦。」桂蕊說。

「桂蕊，妳的父親，就是樂得世系的領主，他有天賦嗎？或者只有妳母親有？」

「樂得世系擁有『刀劍天賦』。」她說。

「那種天賦是……」

「不管誰進到視線內，都能策動刀劍送進對方心臟，或是割斷他的喉嚨，要殺要剮，端看操作者的心情而定。」

「秋姆神的諸子在上，那真是管用的招數呀！漂亮的天賦！但我很高興妳繼承的是母親的天賦。」

「我也很高興。」

葉門繼續哄誘。透露族人的力量讓我覺得力量十足，我抵擋不了這種誘惑，於是告訴他，歐姆世家能在任何地方，憑目視或手指隨意縱火燃燒。考林世家能藉字詞和手勢搬移重物，甚至包括建築物和山丘。摩各世家擁有內視力，所以，你正在想什麼，他們看得一清二楚——但桂蕊說，他們看見的，其實是你內在可能的疾病或弱點。我們兩人都同意，無論是哪種情形，有摩各世家的人當鄰居，即使未必有什麼危險，恐怕還是讓人不自在。也因此，摩各世家的人只好遠避眾人，搬去貧窮的北方峽谷領地，以至於沒有人真的了解他們，只曉得他們擅長飼養良駒。

接著，我又把整輩子所聽說的各個世系統統告訴他，有黑華世系、提柏世系、波瑞世系，以及東北地帶卡朗山脈的軍閥們。黑華世系的天賦叫做「清除」，類似我們家的「消解」，所以我沒多做說明。提柏世系和波瑞世系的天賦分別叫做「韁繩」和「掃帚」。提柏世系的男人可以提取你的意志，控制你按照他的意志行事，所以叫做「韁繩」。波瑞世系的婦女可以提取你的心智，使你變成一個空殼子白痴，既沒有大腦也無法言語，所以那種天賦叫做「掃帚」。而這所有的力量，要達到目的都只需要一個瞥視、一個手勢、一個字詞就好。

但是，這些林林總總的力量，別說葉門，就連我們本地人，也多是道聽途說。前述那幾個大世系都不在高地，卡朗山脈的幾位領主也不曾與我們這些住在較低山區的族裔融合。只有為了搶人去當他們的奴隸時，才會下山突襲我們。

「碰到他們突襲時，你們就用刀子、火攻等等還擊囉。」葉門說。「難怪你們大家住得很分散！但這片高地的西部有一大塊領地，你們說是叫做『足莫世系』，對吧？到底他們的領主用什麼方式害你們那麼不開心呀？在我還沒碰到他們族人之前，希望先聽聽有關的事情。」

我不發一語。桂蕊說：「阿格領主的天賦是『慢耗』。」

葉門笑了起來。他哪裡曉得這種天賦可不是讓人隨便取笑的。

「真是一個比一個糟糕啊！」他說。「嗯，我收回針對內視力族人的評斷好啦，他們至少有本事看出什麼原因害你們苦惱。不管怎麼說，那可能是個有用的天賦。」

「卻無法對抗突襲。」我說。

「你們各領地之間是不是經常打來打去？」

「當然。」

「為什麼呀？」

「若不打，會被併吞，從此你們世系就破滅了。」對他的愚昧無知，我保持高尚的應對態度。「各種天賦的功用就在這裡——為了保護你的領地、維持你族系的純正血統。假若我們沒辦法保護自己，會因而喪失天賦，被其他世系侵犯，或被普通族系，甚至被所謂的『老繭』侵犯——」我猛然住口，因冒出「老繭」這兩個字停頓下來。那是對平地人——沒天賦的族群所使用的輕視語，我這輩子還不曾大聲把它講出口。

我母親生前就是個「老繭」。足莫世系那邊的人是那樣稱呼她的。

我聽見葉門用棒子撥弄柴灰。過一會兒他說：「如此看來，這些力量、這些天賦，就在自己家族裡傳衍，從父親傳給兒子，有如塌鼻子可能從父親傳給兒子一樣。」

「也會從母親傳給女兒。」看我沒說什麼，桂蕊於是接口。

「所以，你們都得在家族裡找對象結婚，以便讓天賦在家族裡持續下去。我明白其中道理啦。那要是你們找不到適合的堂表親結婚，天賦就會斷滅？」

「卡朗山脈那邊就不成問題。」我說：「他們定居在比較富裕的高山，領地比較寬廣，人口也比較多。在那邊的領地，一個領主可能有成打的系內世家可以通婚。但在這邊，世系的規模都小得多。倘若與世系外的人通婚太頻繁，天賦會漸漸減弱。但，只要是強大的天賦，傳衍不成問題。母傳女，父傳子。」

「這麼說來，妳有辦法對動物施法，那是從妳母親——那個女領主得來的。」葉門使用「女領主」這樣的稱謂，聽起來挺好笑的。「而歐睿的天賦是傳自凱諾領主。這一點我不會再多問了。現在你們知道我的問題都是出於友誼，希望你能告訴我實情：歐睿，你是天生眼盲嗎？或者是你提到過的，寇迪世系那些女巫對你下手所致——出於居心不良、報世仇，或是突襲的緣故？」

面對他這個問題，我一方面不曉得如何撇開，也沒辦法草草帶過。

「不。」我說：「我的雙眼是被我父親封起來的。」

「你父親！是你父親弄的？」

我點頭。

第二章

走在生命中途時，若將人生看成故事一篇，或許能讓你把日子好好過下去。然而，假如認為自己深知人生將如何進展，或深知此生將如何結束，那就愚蠢了。人生道路總得等到走完全程，才真相大白。

然而，即使百年前活過的某人，一生業已結束，其人故事我重複聽過多次，此刻又正在聆聽，我還是會時而懷抱希望，時而心生恐懼，彷彿不曉得故事結局。這麼一來，等於我是在「活出」那個故事，而那個故事也「存活」於我內在。就我所知，這是智勝死亡的好辦法。死亡或許以為是他為每篇故事畫下句點，卻怎麼也無法明白，那麼多篇故事，儘管終止於死亡，卻沒有跟隨死亡就此告終。

別人的故事可能成為你個人故事的一部分——亦即你個人故事的基礎，是你個人故事可以往前推進的地基。父親曾講的盲領主故事、他親身出馬突襲杜奈的故事。母親講的平地故事，以及坎別洛國王在位時的故事，這些正是此類基礎和地基。

此刻我回想童年，要麼，踏進石塔的大廳；要麼，坐在爐邊座位中；要麼，置身庭院的泥地上；要麼，在克思世系乾淨的馬房內。不然就是與母親在廚房菜園摘豆子，或是與她坐在圓塔內的爐邊，再不然就是與桂蕊到外頭空濶的山丘上。此刻，我就身在許多永不結束的故事裡。

石屋大門邊，陰暗的入口甬道裡，有一根粗大的紫杉木杖。杖身沒有削得很平整，但手握的部位由於長久使用，倒是相當光滑，而且色澤都變黑了。那是「盲眼卡達」的手杖，誰都不准碰。我第一次知道它時，它的杖長比我的個子還高。那時候，我經常為了刺激偷偷跑去摸它，因為那是禁忌，因為那木杖是一團神祕。

我當時以為，卡達領主是我父親的父親，因為我所能理解的歷史最久遠也只到這裡。我那時就已經知道我祖父的名字是歐睿，我跟著他取了相同的名字。所以在我童年的心目中，父親有兩個父親。我一點都不覺得有什麼不妥，反倒覺得挺有意思。

當時，我與父親在馬房照顧馬匹。由於不大放心把馬匹交給手下照顧，早從我三歲起，父親就開始訓練我協助他照顧馬匹。我站在一張有梯級的凳子上，幫那隻花母馬刷掉褪換下的冬毛。父親則在隔壁馬廄照料高大的灰色種馬「慢灰」。我問他：「為什麼你讓我只以你的一個父親的名字命名呢？」

「我只有一個父親可以讓你跟著取名字呀，」父親說：「跟大部分可敬的同胞一樣。」他不是常笑的人，那時我卻看見他臉上露出哭笑不得的莞爾表情。

「那麼，卡達領主是誰呀？」他還沒來得及回答，我就搶先指明了。「他是你父親的父親！」

「是我父親的父親的父親。」凱諾的話穿透了慢灰的冬毛、灰塵和乾泥合成的雲霧。我繼續用力朝母馬的脅腹又拍又打又刷，這動作得到的獎賞是：一來，髒東西掉進我眼睛、鼻子和嘴裡；二來，花妮的脅腹露出一小片如我手掌般大小，紅白相間的發亮春毛。她發出滿足的咕噥聲。她像貓咪，要是摸摸她，她就向你依偎過來。我使力把她推遠一點，才能繼續工作，讓發亮的春毛再擴大範圍。聽著父親說了那麼多個父親，我迷糊了。

我移往母馬的馬廄前側，轉過來朝向這一個父親，他抹了抹臉，站在那兒瞧著我。

我於是大動作賣弄起來，一來一回把毛刷推得老遠，希望成效卓著。父親對我的動作沒表示什麼，倒是說：「卡達擁有我們世系歷來最強大的天賦——甚至強過整個西部山區任何人，我們有史以來最強大的天賦。歐睿，我們世系的天賦是什麼？」

我停止工作，從凳子下來。那凳子的梯級跨度對當年的我而言是相當長的距離，所以我動作非常小心。下來後，我面向父親站好。每逢父親叫我名字，我都會起立站定，面朝著他。打從我有記憶以來一直是這樣。

「我們的天賦是消解。」我說。

他點點頭。父親一向待我溫和，所以我對他一無所懼。然而服從他卻帶給我一種既難得又強烈的愉悅。他的滿意成了我的獎勵。

「消解是什麼意思？」

我遵照他之前的教導回答：「意思是復原、解除、毀滅。」

「你曾看我運用那個力量嗎？」

「我看過你讓一個碗變成碎片。」

「你曾看我對生物運用那力量嗎？」

「我看過你讓柳枝整個變軟變黑。」

那時，我衷心盼望他別再問下去了。然而，問題不會就此打住。

「你曾看我對活的動物運用那力量嗎？」

「我看過你讓……一隻……老鼠死掉。」

「牠怎麼死的？」他的聲音平靜，沒有感情。

事發之時是冬天，在院子裡。一隻受困的老鼠，幼小的老鼠，牠掉進一個儲存雨水的桶子裡，沒辦法自己爬出來。最先發現牠的是清潔工戴瑞。父親那時對我說：「歐睿，過來。」我走上前。他又說：「站在這裡別動，注意看好。」我聽話，站定不動，凝神觀看。我得伸長脖子，才有辦法瞥見那隻老鼠在半滿的水桶裡掙扎泅泳。父親站著俯瞰，兩眼定定望著牠。然後揮手（是左手），接著又說了什麼——或者只是用力吐出氣息。老鼠起初扭了一下，接著是顫慄，然後就浮在水面上了。父親伸出右手到水桶裡，把老鼠撈起來。老鼠在他手中已經完全不成形，宛如一塊濡溼的抹布，根本不是一隻老鼠了。但我仍看見牠的尾巴以及有小爪子的腳趾。「摸一下，歐睿。」他說，而我摸了。軟軟的，沒有骨頭，感覺像盛裝在溼薄皮層內的半袋子餐食。「這就是消解。」父親說這話時兩眼看著我，我當時好害怕他那雙眼睛。

「你把牠消解了。」在馬廄裡的此時，我口乾舌燥，心裡還是畏懼著父親的雙眼。

他點頭。

「我擁有那種力量。」他說：「以後你也會擁有。等它在你體內漸漸長成，我會教你怎麼使用。說說看，要怎麼運用你的天賦？」

「用眼睛、手，以及氣息，還有意志。」我按照他以前的教導說出來。

他點頭表示滿意。我放鬆了些。但是他可沒放鬆，這場測驗還沒結束。

「歐睿，注視那團馬毛。」他說。在馬廄地上，靠近我腳邊散落的麥桿之間，有一團馬毛和泥巴混合的髒東西，我剛剛從花妮的鬃毛刷下來，任由它掉落地面。

起初我以為父親打算責罵我把地面弄髒。

「注視它，只注視它，目光不要移開，兩眼一起集中看著它。」

我聽話照做。

「揮手——像這樣。」父親走到我背後，小心翼翼，輕輕舉起我的左手和左手臂，直到併攏的手指指向那團馬毛。「像這樣定住別動。再來，我說什麼，你就跟著我說。不過，要用你的氣息，不是你的聲音。照這樣說。」他用氣息吐出我聽不懂的聲音，我照著吐氣，一隻手也依他的指示定住不動，並注視著那團馬毛。

一切靜止。沒有任何動靜，持續了一會兒後，花妮吐氣，抬起她的一條腿。我聽見馬廄門外有風吹，地上那團馬毛動了一動。

「它動了！」我叫出來。

「是風吹的。」父親說。他的聲音溫和，微微帶點笑意。他換個站姿，伸展雙肩。「再等一等吧，你還沒滿六歲呢。」

「是你做的，父親。」我說著，一邊注視那團馬毛，一邊又是振奮、又是生氣、又是懷怨。「你把它消解了！」

我幾乎沒看到他有任何動作，也幾乎沒聽見他吐息，地上那團東西卻展開變成一小股煙塵，原本的髒東西不見了，只剩幾根乳紅色的長毛。

「這樣的力量將來也會降臨你身上。」凱諾說：「在我們世系裡面，這是個很強大的天賦，尤其卡達，他擁有的天賦最強。坐下吧，現在你已經夠大，可以知道這個故事了。」

我直接坐在凳子的梯級上。父親站在馬廄甬道中：一名瘦長挺直，深色肌膚的男子，光腳丫，穿著山地人的短裙和外套。他的深色眼睛十分明亮——即使臉孔覆了一層馬廄的髒灰塵，那雙眼睛依然透亮。他的雙手也髒了，但它們非常強壯有力，雖細瘦但穩定，一點也沒有無事瞎忙的那種浮躁不安。他的聲音平靜，他的意志強韌。

他告訴我「盲眼卡達」的故事。

「卡達比我們世系任何一代的子嗣都早顯露天賦，也早過卡朗山脈那些大家族的任何成員。才不過三歲年紀，他只要瞪一眼玩具，那些玩具立刻粉碎。他也能單憑一個注目就解開繩結。四歲時，他運用此力量對付一隻撲向他、讓他受驚嚇的狗，最後毀滅了牠。就像我毀滅那隻老鼠一樣。」

他停下來等我點頭表示聽懂。

「僕人都怕他，他母親於是說：『他的意志還只是孩子的意志，這對我們大家都危險，甚至對我也是危險的。』他母親也是我們世系的子孫，與她丈夫歐睿是表兄妹。她丈夫歐睿聽從她的警告，用布條圍住孩子的雙眼，前後三年，避免他運用眼力。這三年期間，他們教導、訓練卡達，如同我教導、訓練你一樣。卡達學得很好，三年內完全服從教導和訓練，得到的獎賞便是重見光明。他非常謹慎，只有在練習與面對沒有用或沒有價值的東西時，才運用他出色的天賦。

「在他少年階段，只展現過力量兩次。一次是對足莫世系的領主。由於足莫世系的領主四處掠奪別家的牛，於是有人邀請他到克思世系，讓他見一見卡達。當時卡達才十二歲，已經能消解飛翔中的雁群：只是注視外加一個手勢，飛雁就從天空掉落地面。卡達面帶微笑做這件事，就像是娛樂一下來訪的領主一行人。足莫看了，說：『好銳利的一眼』，後來，他們世系就沒再偷我們的牛隻了。

「卡達十七歲那年，卡朗山脈眾世系發動戰事，由提柏世系的領主率軍，目的是擄掠成群的男女，送去墾植他們新開闢的領土。我們世系的人害怕韁繩天賦迫使他們追隨那位領主，為他操勞至死，除了他留給他們的意志之外再無其他意志，於是他們跑到這座石屋尋求保護。卡達的父親歐睿希望堅守石屋，拚死抵擋侵襲。但卡達沒有告訴父親他暗中的計畫，自己默默上山，守在森林邊緣，監看一個又一個山地人，並把他們一一消解。」

我看一眼那隻老鼠。那個軟軟的皮袋。

「他先讓別的山地人發現那些被消解的死屍，然後從山腰出來，手持談判旗，獨自站在長錐石群對面，對入侵者大喊：『一英里，甚至更遠範圍內的人都已被我消解。』他對全山谷高喊，因為山地人都躲在錐石群後面。『別以為大岩石能保護你們不被我消解。』說著，他當場摧毀錐石堆中一塊直立的巨石，巨石後面正躲著提柏領主。巨石震盪，隨即化為碎片和灰塵。『我的眼睛強大得很。』卡達說。

「他等對方回應。提柏人說：『克思世系的，你眼睛是很強大。』卡達問：『你們的目的是擄人去當僕役嗎？』有人回答：『沒錯，我們的確需要男人。』卡達說：『我會給你們兩個人幫忙工作，但只能當僕人，不受韁繩宰制。』提柏領主回答：『你很慷慨，我們接受你的禮物，並遵守你提出的條件。』卡達回到這棟石屋，從領地的不同農場找到兩名年輕農丁，把他們帶去給高山人。然後他對提柏人說：『現在，回你們的高山去，我不會跟隨。』

「他們於是走了，從那天起，他們不曾再下山突襲遠在西部的我們。

「就這樣，『強眼卡達』成了高山人掛在嘴上的話題。」

他停下來，讓我想一想我聽到的內容。過一會兒，我抬眼看他，想知道能不能提個問題。看起來好像可以，所以我問了我想知道的事：「我們領地那兩個年輕人願意去提柏世系嗎？」

「不願意。」父親回答：「卡達其實也不想把他們送去為別的主人效勞，不希望本地少了兩個年輕勞力。但是，一旦展現了力量，就必須恩賜禮物。這一點很要緊。記住了，把我說的再講一遍。」

「一旦展現了力量，就得恩賜禮物。這一點很要緊。」

父親點頭稱許，然後苦澀地低聲說：「天賦的禮物。」接著又說：「之後，過了一些時日，年老的歐睿與妻子帶了一些人搬到我們領地裡比較高的農場居住，把石屋留給兒子卡達——那時他已擔任領主了。這塊領地開始大大興旺，據說，當年我們在石丘那邊飼養的羊數量有一千頭之多。而且，我們的白牛遠近馳名。男人遠從杜奈和岱納而來，就為了出價購買我們的白牛。卡達娶了足莫世系貝晞世家的莎曼丹為妻，婚禮盛大舉行。足莫領主原本希望她嫁給自己的兒子，但是莎曼丹並不看重他的財富，拒絕了，選擇嫁給卡達。西部地區各領地都有人來參加那場婚禮。」

凱諾暫停，轉身拍拍花妮的臀部，因為她嘶叫了一聲，還對父親甩尾。牝馬低頭向我擠靠過來，冀望我繼續替她梳毛。

「莎曼丹擁有他們世系的天賦。卡達外出狩獵，她就跟隨，為他召喚馴鹿、麋鹿、野豬等等。他們生了一個女兒名叫娥素，還有一個兒子名叫凱諾。一切平順滿意。幾年後，來了個酷冬，又來了個又乾又冷的夏天，沒草給牲畜吃。農作物也不出產，白牛染上瘟疫，所有最良種的家畜在一季內死光光，領地內的居民也疾病連連。莎曼丹產下一個死胎後，自己病了很久。旱災鬧了一年又一年，萬事皆衰，卡達卻無能為力。他的力量不在這範圍內，因而終日憤怒。」

我看著父親的臉。追憶這些過往時，悲傷、氣餒、憤怒拂過他的臉龐。他那雙明亮的眼睛只看見正在講述的那段昔日。

「因為這些不幸，足莫世系對我們越來越傲慢無禮，又開始來襲、偷竊。他們在我們的西陲牧場偷了一匹好馬，卡達尾隨偷馬賊，在他們返回足莫世系的半途將人逮住。盛怒之餘，他沒有控制力量，把那群偷馬賊毀滅了，總共六人。其中一個還是足莫領主的外甥。足莫世系無法要求血償，因為的確是他們的人偷走我們的馬匹。但這件事的結果，徒增我們領地內更大的仇恨。

「從此之後，大家都怕卡達發脾氣。碰到一隻狗不聽話，卡達立刻把那隻狗消解。打獵時若沒射中獵物，他就摧毀遮掩獵物的雜木林，只留下烏黑破滅的一片。在高山牧場上，有個樵夫對他言詞失禮，卡達一怒，便使那人的一手一臂凋萎。於是，小孩只要看到卡達的身影，就紛紛逃開。

「困厄時日孕育爭端。有一次，卡達吩咐他妻子幫他召喚獵物，她以身體不適拒絕。卡達命令她：『過來，我必須打獵，家裡沒肉可吃了。』她答道：『那就去打獵吧，我不去。』說完她帶著一個她喜歡的女僕轉身走開。那女僕芳齡十二，負責幫她帶小孩。卡達當時氣極了，走到兩人面前，說：『照我的話做！』同時加上眼神、手勢、氣息，以及意志。就這樣，他殺了那女僕。女僕當場癱倒，毀滅、消解。

「莎曼丹大叫出聲，蹲下去一看，發現女孩死了。她站起來走到卡達跟前。『你怎麼就不敢攻擊我？』她奚落卡達，卡達被激怒，也出手將她消解。

「屋內的人全在現場目睹這一切，孩子大叫，哀哭想救母親，但被幾個婦女攔了回去。

「接著，卡達離開大廳，去到妻子的房間，當時沒人敢跟上前。「等他搞清楚自己之『所為』，也明白了自己之『應為』，沒有自信能以一己之力控制這項天賦，因此，他弄瞎了自己的眼睛。」

凱諾第一次告訴我這個故事時，並沒有說明卡達如何弄瞎自己的眼睛。當時我太年幼、太驚恐，也被這可怕的故事弄糊塗了，以至於沒問清楚，也沒想到要問。等我年紀稍大才問父親卡達是不是用自己的匕首刺瞎雙眼。凱諾說，不是用匕首，他用自己的天賦消解了自己的天賦。

在莎曼丹的遺物裡有一面鑲銀框的鏡子，外形做成一隻鮭魚跳躍起來的模樣。來自杜奈和岱納的投機商人為了做成白牛和羊毛製品的買賣，總會設法帶來這種稀有的物品或玩具。剛結婚的頭一年，卡達就是以一頭白牛換得這面鏡子，送給新婚妻子。這時，他拿起這鏡子，望進去。他看見自己的眼睛，於是便運用手勢、氣息和意志，用雙眼蘊含的力量毀了那雙眼睛。鏡子碎了，而他瞎了。

沒人因他謀殺自己的妻子和女僕而向他索討血償。雖然眼睛瞎了，他仍是克思世系的領主，直到他讓兒子凱諾也學會運用自己的力量。然後凱諾成了領主，盲眼卡達就搬到較高的農場，去世為止都和牛農住在一起。

以前聽這故事時，我一點也不喜歡它悲傷又可怕的結局。第一次聽時，我很快把大部分內容趕出腦子。我喜歡的是它的前半部分，關於少年運用強大天賦那裡，他居然能嚇倒自己的母親，還勇敢克敵，拯救領地脫離危難。那陣子，我獨自外出到空濶的山區時，總把自己想像成「強眼卡達」。有成千上百次，我把嚇壞的山地人叫到跟前，大聲對他們說：「一英里，甚至更遠範圍內的人都已被我消解！」然後震碎他們藏身的巨石，讓他們一個個爬著回家。我仍記得父親如何把我的左手拉到適當的位置，而我一次又一次站立著，兩眼注視一塊岩石，按照他的指示抬著左手，但我不記得他在我耳邊低語的是什麼字——但那真是一個字嗎？他說過，是用氣息，不是用聲音。我幾乎憶起那個字，卻沒能聽見發音，也無法感覺我的嘴唇和舌頭是如何形成那字眼——然而我的唇舌又是否真的發出過任何聲音？好幾次，我好像說成了，事實卻什麼也沒說。於是，失去耐心的我只好吐出沒意義的聲音，並假裝岩石移動了、震碎了，成為煙塵和顆粒，山地人瑟縮在面前，聽我說「我的眼睛強大得很！」

接著，我還會走上前瞧瞧那塊巨石。竟然有一、兩次，我確實看到它出現原本沒有的缺口或裂縫。

有時候，我扮演「強眼卡達」夠久了，會變換一下，改扮被送給高山人的農家子弟。我會施展幾個聰明招數，善用森林知識逃脫，躲過追兵，還讓他們陷入我熟知、而他們陌生的沼澤裡，最後安全回到克思世系。年輕農奴成功逃離提柏世系之後，為什麼會想重返克思世系繼續承受勞役？我不知道原因，也從未想要問明白。反正，在所有的可能性當中，這樣的少年會做的就是：回家。我們的農民和牧人與住在石屋的我們同樣富有，大家的財富是一體的。他們並非由於懼怕我們的力量才一代又一代跟著我們。我們的力量能保護他們。凡是不熟悉的人事物，他們都會害怕；熟悉的人事物，他們就依附。然而，要是我被敵人抓了去，我曉得該往哪裡逃。早在年少之時我就知道，不論是這整片高山地區，或是我母親口中那個寬濶明亮的平地世界，沒有一個地方像克思世系的禿山丘、小樹林、岩塊、水沼，能讓我如此滿懷熱愛。即使現在，我仍然清楚知道這一點。

第三章

父親講的故事中，另一個非比尋常的是關於突襲杜奈。那個故事從頭到尾我都喜歡，因為它有最快樂的結局。就我所知，那個結局就是我本人。

父親長大，到了需要討老婆的年紀。寇迪和足莫的領地都有我們世系的後代。平日，我祖父一向努力與寇迪世系的各世家維持良好關係，也盡力修復克思世系與足莫世系之間由來已久的交惡。因此，若有別人去突襲他們，我祖父一向不參與，也不讓自家人去搶他們的牛、偷他們的羊。當然，這一方面是出於他與各領地的情誼關係，另一方面，也因為他希望兒子能在他們幾個世系裡面找到妻子。雖然說，我們的天賦是父傳子，但沒有人懷疑一個血統純正的母親的確能強化天賦。所以呢，由於在家族領地內沒有純正血統的女孩，所以我們改尋寇迪世系，他們世系有幾個我們家族的年輕人，卻只有一個適婚女子，她的年紀比凱諾大二十歲。這種老少配的婚姻太常見了——為了「保留天賦」，怎麼做都可以。只是凱諾本人對這樣的婚配有點猶豫。

可是，還沒等到歐睿有什麼進一步的動靜，足莫世系的阿格領主就替自己最小的兒子先向那個女子提婚。寇迪世系原就受制於阿格，所以，當然得把那個女子給他。這樣一來，就只剩足莫世系可以為克思世系提供世系內的新娘。只要再等個幾年，就有兩個女孩很適合婚配，她們也會很高興嫁回親族的領地。只是，足莫世系與克思世系之間的舊恨，在阿格心頭依然強烈。所以他拒絕了歐睿的請婚，對他提供的婚配條件也看不上眼。而且還提早在兩個女孩分別十四、十五歲時，倉促把她們都嫁掉：一個嫁給農民、一個嫁給農奴。

這舉動對兩個女孩是一種蓄意的侮辱，對她們出生的世系也是一種蓄意的侮辱，更糟的是，還蓄意弱化了我們的天賦。各個領地的居民沒幾個人認同阿格那種傲慢自大。畢竟，不同力量之間的競爭是一回事，直接針對力量給予不公平的打擊，則是另一回事。然而，由於足莫世系非常強大，阿格領主在當地一向為所欲為。

於是，凱諾就娶不到克思世系血統的女子了。誠如他對我說的：「阿格幫了我兩個忙，一是免除我與寇迪世系那個老女人結婚，二是免除我與足莫世系那兩個可憐的醜八怪女孩結婚。所以，我就對父親說：『我要去突襲搶人』。」歐睿以為凱諾打算突襲峽谷區一些小領地，或者是向北突進到摩各世系——因為他們素享盛名，特產良駒與美女。然而，凱諾腦子裡想的是更大膽的冒險。他召集一隊人馬，有克思世系幾個年輕壯農、寇迪與克思合婚的一對夫妻，還有特諾．樂得以及幾個不同領地的壯漢。他們覺得出去小小掠奪一番，帶回一些農奴或戰利品也不錯。這夥人於五月某個上午在高崖下方的岔道集合，隨後沿著狹窄山徑，騎馬向南方前去。

北方高山人很多年沒去南方平地突襲了。這群夥伴當中，農民穿的是硬挺的厚皮上衣，頭戴黃銅盔，並且攜帶長矛、棍子，以及長匕首——以防萬一打起血戰。世系的男人穿黑色毛氈料子的男短裙及大外套，但雙腳什麼都不穿，頭上也不戴東西，黑色長髮編成辮子或棍狀。他們沒帶武器，除了一柄狩獵用刀，以及他們的眼睛。

「剛瞧見我們這夥人的模樣時，我真想先去摩各偷幾匹馬回來。」凱諾說：「假如不看勉強湊數的那些座騎，我們這一夥人還挺有模有樣。我記得很清楚，當年我騎『國王』——」國王是花妮的父親，一匹高大的紅馬。「可是，特諾卻騎一匹犁田的老母馬，巴托竟然騎一匹瞎掉一眼的雜色小馬！倒是那三匹驢子長得很好，是父親飼養的好品種其中三匹。我們領著牠們同行，準備用來載戰利品回家。」

凱諾笑了起來。每次談起這個故事，他總顯得輕鬆愉快。我在心裡描繪出那個小隊伍：幾個一臉正經、雙眸閃亮的年輕小伙子，騎著步履蹣跚的馬匹，響著鈴鐺，一個接一個走出高山地區，穿過青草和岩石交錯的狹窄山徑，向山下世界前進。他們回頭遠眺時，頁恩山一定高聳入雲，還會看到峭壁灰濛濛的貝利山，而群山的盡頭就是傲視群雄的卡朗山脈，它巨大的山頭永遠戴著白色冠冕。他們前方，極目所見是接續不斷的綠色山丘。「綠得像綠寶石，」父親說這話時，兩眼望進記憶中那片豐美的曠野。頭一天整日騎馬，卻不見半個人影，全無人畜牛羊的跡象，只看到鶺鴒和盤旋的鷹隼。平地人在他們與高山人的領地之間留下寬廣的邊界。巴托那隻半盲的小馬走不快，大家只好將就那個速度，慢慢前進，晚上在一處山腰紮營夜宿。第二天近午時分，他們才逐漸看到用石塊圈圍起來的放牧綿羊和山羊群。接著又見到遠處有一間農舍，溪谷裡有一架磨坊車。狹窄的山徑漸漸變成貨車可行的小路，接著又變成分隔耕地的大路。走到最後，眼前出現了建築在向陽山腰的紅瓦房，家家炊煙裊裊。杜奈鎮到了。

我此刻追憶父親的故事，還是不知道他起初計畫如何突襲。是以迅雷不及掩耳的戰士猛攻驚嚇鎮民呢？還是用嚇人的威脅與可怕的力量強行入侵，予取予求？不管他原本如何算計，反正他進城時沒有策馬狂奔、揮舞武器。而是帶領他的隊伍安安靜靜、井然有序走上城鎮街道。所以，為「市集日」而來的群眾、禽畜、貨車、馬匹，沒有誰注意到他們。直到他們置身市場中心廣場，才突然有人發現，並大喊：「山地人！巫民！」於是，有的人奔跑逃躲，有的人門緊屋門，有的人匆匆收起交易貨品。

結果，急於逃離的人被趕來看發生什麼事的人困住，於是開始一場驚慌的大混亂：攤子掀翻、頂篷拖倒、受驚的馬匹胡衝亂踏，牛群吽鳴。克思世系的農夫只得向魚婦、錫匠等城裡人揮舞長矛和棍子。凱諾呼叫大家安定，但他威嚇的對象是自己的同伴，不是鎮民。他將夥伴集合在四周時，有的人還不甘心放下從市場攤位搶到手的貨品：一條粉紅披肩和一只銅製燉鍋。

當年，他曾告訴我：「那時候我就看出來，要是以血戰硬拚，我們準輸無疑。他們有幾百個人哪——幾百個！」

他怎麼知道城鎮是什麼樣子呢？突襲之前他根本沒見過啊。

「要是我們入侵民宅搶劫，人就會分散，他們可以一個一個把我們擒拿起來。只有特諾與我擁有夠強大的天賦，可以用來攻擊或自衛。而我們到底要搶什麼呢？到處是食物、貨品、衣飾，沒完沒了！我們哪搶得完？我們到底為何而來？是來找老婆的呀。但依當時情況，我看不出要怎麼找。我們山地真正需要的只有一樣：能幹活的人手。我知道，假如不設法引起他們內心的驚恐，這些人很快就會把我們收拾掉。所以，我舉起一面談判旗，期待他們知道那是什麼。幸好他們知道。市場對面那棟大房子的窗口冒出幾個男人的身影，在窗口揮動著一塊布。

「於是我大喊：『我是凱諾克思，純正克思世系血脈。我擁有消解的天賦和力量，諸位請看。』首先，我對準一個市場攤子攻擊，它立刻變成碎片墜落。我稍微轉身，確定他們看得見我做了什麼以及怎麼做。接著，我攻擊那棟房子對面一棟石屋的一角。我先舉起一隻手臂穩住，好讓他們都能看清楚。人們看著建築的一片牆鬆動凸起，石塊掉出來，形成一個洞。那個洞越來越大，屋內的穀物袋裂開，然後是石頭落地的可怕聲響。『夠了，夠了！』他們大喊。所以我停止消解那個穀倉，轉身又面向他們。他們希望談判議和，問我想要什麼，我說：『女人與男孩』。

「一聽我的回答，群眾立刻響起一陣慘叫。四周街道和屋子裡的人全部大聲喊：『不行！不行！殺了這些巫民！』他們人多勢眾，喊叫聲宛如一陣暴風。這時，我的座騎跳起來嘶鳴，原來有一支箭射中了他的臀部。我抬頭望向正與我談判的人上方的窗戶，見到一名射手整個上身從窗戶探出，正準備再次拉弓。我立刻攻擊他。他的身體頓時像個袋子，往下墜落石板地面，整個爆裂。接著，我看見聚集在市場裡的群眾外圍有個男人正彎腰撿起一塊石頭，我也攻擊他——只消解他拿石頭的那隻臂膀，傾刻間那手有如繩子般軟軟垂在他身側。他尖叫起來，而先前那名射手掉落的地方也引發一陣慟哭和驚慌。『誰再動，我就消解那個人。』我大喊。他們沒人敢再亂動。」

談判時，凱諾讓他的夥伴圍在旁邊。特諾負責守衛他背後。那幾個替全鎮發言的男人在凱諾的威脅下同意了要求，答應給他五名女農奴和五名男孩。但對方開始為「進貢」（這是他們使用的稱呼）的時間討價還價。但凱諾不許：「現在就把他們帶來這裡，我們要自己挑選。」他說完稍微抬起左手。對方一看這手勢，立刻同意了他的要求。

接著是一段讓他感覺很漫長的時間。市場側邊幾條街道上的群眾散去又聚集，彼此緊挨。他只能坐在冒汗的座騎上眼觀八方，留意射手和其他威脅。最後，一小群哀淒的男孩和女人被拉扯著走過街道，來到市場。這邊兩個、那邊三個，有的哭泣哀求，有的用雙手雙膝跪爬著，讓人拿鞭子和棍子驅趕。男孩總共五個，都沒超過十歲。女人有四個：兩個嚇得半死的農奴女孩，兩個年紀較大、衣著破爛發臭的女子，並沒有被拉扯——也許她們認為，去跟巫民一起生活大概也不會比在本地當不值錢的奴隸還糟吧。全部就是這些了。

凱諾自忖，若堅持要挑選光鮮亮麗的人乃是不智之舉，畢竟，與對方的人數相差這麼懸殊，越是在這裡久待，就越可能碰到暴民中有人射箭或丟擲石頭過來，一旦正中目標，他們只能等著被滿街的人群撕成碎片。

儘管如此，他照樣容不得這些商人賴帳。

「這裡只有四個女人。」他說。

談判者嘀嘀咕咕，並且爭吵起來。

沒多少時間了。他放眼四周，看看市場以及周圍幾棟大房子，見到角落一間小房子的窗戶裡有張女子的臉。那女子穿柳綠色衣服，之前就曾吸引凱諾的目光。她沒有閃躲，坦然站在那扇窗戶內俯視著凱諾。

「就她吧。」他說，伸手一指。雖然他用的是右手，在場所有民眾還是倒抽一口氣，縮成一團。這讓他不由得笑出來。他的右手慢慢橫過那許多觀望的臉孔，作勢要消解所有人。角落那屋子的門開了，柳綠色衣服的女子走出來，站在臺階上。她很年輕，個子小且瘦，長髮披在綠色長衫上顯得格外烏黑。

「妳願意當我妻子嗎？」凱諾問她。

她靜靜站定。「願意。」她說完，緩步穿過一片狼籍的市場向他走來。她穿細皮帶黑色涼鞋，凱諾俯身向她伸出左手，她抬腳踩進馬蹬。凱諾使個力，將她帶進自己前面的馬鞍中。

「那三頭驢子和牠們身上的載具都送給你們！」他大聲對鎮民說——到底還是沒忘記恩賜禮物。以凱諾的貧窮程度，那確實是一份大禮了。但，杜奈鎮的民眾恐怕只把它當成是最後一次的侮辱。

他帶來的人各載一名農奴，雙人一馬，就這樣上路。他們安靜有序地穿過街道，走過兩旁的屋牆之間，踏上北向大道，遠望前方山脈。克思世系對平地人的最後一次突襲就這樣結束了。此後，凱諾本人和他的新娘都不曾再下山踏進那條大道。

新娘子名叫湄立．甌里塔。她的隨身物品只有身上那襲柳綠色長衫、腳上那雙黑色涼鞋，以及脖子一條銀鍊子和上頭附的一顆小小貓眼石，這些就是她的嫁妝。凱諾帶她回到石屋裡，四夜後結婚。他母親和幾名家中使女快手快腳、好心好意備妥了新娘子該有的衣飾和什物。歐睿領主在石屋大廳為他們完婚，參與突襲的成員全部到場，克思世系全員出席，還有西部各領地能來的人，都參加了這場婚禮的舞蹈盛會。

「之後嘛，」聽父親講完這個故事，我接著說：「母親懷了我！」

湄立．甌里塔在德利水城出生成長，是班卓門當地民間信仰體系中一位文官教士的第四個女兒。文官教士是很高的職位，所以他與妻子生活寬裕，養育五個女兒悠閒而奢華，但也很嚴格，因為，他們那個民間信仰要求女子謙虛、貞潔、順從。凡違抗者，備有各種苦行和羞辱。阿迪．甌里塔是個和善又溺愛女兒的父親。他對女兒的最高期盼，是長大後到城市主廟成為「奉獻貞女」。湄立曾經學習讀、寫，外加一點數學、大量的神聖歷史與詩歌、城市探勘及城市建築，這些都是為了「奉獻貞女」那高貴榮耀的生涯做的準備。湄立從小喜愛學習，而且是個出色的學生。

但她十八歲那年走偏了。到底什麼事出差錯、發生了什麼，我至今仍不清楚，她也不曾談過，對這件事，她只微笑帶過。也許，是她的老師愛上她，她因而受了責備；也許她有了心上人，還偷溜出去會見他。也或許，是碰到比上述那些小得多的狀況。因為，市廟奉獻貞女的聖職志願者不可以沾上一點點醜聞，因為她們的純潔乃是班卓門全體人民富足之所繫。

我猜想，說不定是湄立故意製造一個小醜聞，以便逃避主廟的聖職。不管實情到底如何，反正她被送去北部，與幾個遠房表親同住在杜奈那個偏遠鄉鎮。那些遠房表親也都是可敬的體面人，他們比她的父母更嚴格地看守她，同時幫她物色合適的丈夫，很認真地與當地家族協商，並將候選人帶來家裡相親。

「來相親的人當中，」她說：「有一個是粉色鼻子的胖漢子豬販，有一個是一天祈禱十一次，每次一小時的男孩，高高瘦瘦，他希望我與他一同祈禱。」於是，她從那扇窗戶望出去，見到克思世系的凱諾。跨騎紅種馬，擁有看一眼就毀人毀屋的力量。他選擇她時，她也選擇了他。

「妳怎麼讓那些遠房表親放妳走的？」我問母親。雖然我明明知道答案，卻總愛提前品味那答案。

「他們都躲在家具下，躺在地板上，免得被那個巫民戰士瞧見，把他們骨頭融化而毀滅。我說：『表親，別怕，俗話不是說嗎：貞女可救家人與家當。』所以，我就下樓走出去囉。」

「妳怎麼知道父親不會毀滅妳？」

「我那時就是知道呀。」她說。

將要前往哪裡，將會置身何種狀況，湄立哪有什麼概念。凱諾下山突襲、騎馬出山時，以為杜奈與自己生活的村子相像：茅舍幾間、牛欄幾棚、居民不出十個，都出外打獵去了。比起凱諾對山下城鎮的認知，湄立對未來的認知並沒有更多些。湄立或許以為，她要去的地方與她父親的家、或至少與她表親的家不會有太大不同，應該是個乾淨、溫暖、明亮的地方，有很多同伴與讓人舒適的設備。她怎可能預知到什麼？

▲

在平地人心目中，高山地區是個受詛咒、被遺忘的角落，那是他們很久以前就拋棄不要的世界，他們對高山一無所知。如果是好戰的民族，或許會派軍隊上山殲除那些可怕可惱的過往遺民。但，班卓門和俄岱是商人、農民、學者、教士的天地，沒有戰士。他們只是背對那些山脈、並將它們遺忘。母親說過，即使在杜奈鎮，很多人已不再相信卡朗山脈那些山裡人的故事了。像是妖精下山到平原城鎮擾亂，馬背上的怪獸一揮手，就使整片曠野起火燃燒，或是僅以一個注目，立刻令全軍隊凋萎殆盡。那些都是很久以前的事，「是坎別洛國王在位時。」現今世代，不會發生那種事。人家告訴她，高山人過去曾與杜奈鎮的居民交換好品種的奶白色高地牛隻，但牽回去養沒多久便全部死光。山上土地貧瘠得可怕。那些高山區的古舊領地沒人要住，只剩一些貧窮的牧人和農人，大家拚了老命，設法從岩石擠出生計來。

人家告訴她的那些，母親後來發現全都是真的——或者說，大部分是真的。

不過，根據母親看事情的角度，真相的種類很多。其數量與人類可講的各種故事一樣多。

我們童年時，母親為我們講故事，故事裡的所有冒險都發生在「坎別洛國王在位」的時期：勇敢的年輕祭司武士打敗化身大狗形體的惡魔。卡朗山脈的可怕巫民，會說話的魚兒警告地震來襲，乞丐女得到一輛月光製的飛行馬車。這些都是坎別洛國王在位時發生的事。母親講的其他故事就完全不是冒險故事了，但其中有一個例外——

在那個故事裡，她獨自步出大門，穿越市場。故事的兩條線相交，兩個真相會合。沒有冒險成分的那些故事都只是一般敘述，敘述平地一個沉靜的國家裡，一個中型城市裡，一個保守家庭的平淡瑣事。然而，我卻照樣喜愛它們，甚至超過冒險故事。我常央求母親說那些故事：講講德利水城！而我認為母親也喜歡講那些故事，不單是為了讓我高興，也為了梳理並安慰她自己的思鄉之情。無論母親如何愛這裡的陌生親屬，又如何被愛，在這其中她永遠是個陌生人。她生性歡悅、欣喜、活躍、充滿生命力。但我知道，她最大的一項快樂，是在她起居室的小壁爐前，與我一同蜷縮在毛毯或坐墊上。她的起居室在圓塔，她就坐在那兒，告訴我德利水城的市場都賣些什麼。她也曾告訴我，她和姊妹們如何暗中監視她們的父親穿戴文官教士的緊身褡、墊料、袍子與外袍，以及可以使他變高的高跟鞋之後，如何竭力走穩。還有脫下鞋子和袍子之後，整個人縮小尺寸的模樣。她講到，她怎麼與家族的朋友搭船順著創德河而下，直達與大海相會的河口。她對我談起那片大海，她告訴我，我們在採石場發現那些拿來玩遊戲的蝸牛石，其實是海岸邊的活生物，牠們外型精美多彩，閃閃發亮。

父親忙完農事，會進她房間——雙手洗淨，並換了乾淨鞋子，那是母親堅持為石屋訂下的幾項新生活原則之一。進了房來，父親會坐在旁邊，與我一同聆聽。他很愛聽母親說故事。母親說話像潺潺小溪，清澈又歡快，帶著平地人的柔和流暢。對城市人而言，說話並非僅為日常所需，而是一種藝術，也是一種愉悅。母親把那種藝術和愉悅帶到克思世系。她是父親雙眸的亮光。

第四章

高山族系之間，或世仇，或聯盟，皆可追溯到有記憶、有歷史、有理性之前。克思與足莫一向不和，然而克思、樂得、貝晞卻一向友好。或者說，友好的程度足以修復彼此的仇怨——至少一段時期。

足莫世系富足時（大半靠偷羊與搶地），另外那三個世系卻遭逢艱困階段。他們的盛世似乎已經遠去，尤以克思世系為甚。即使盲眼卡達在世，我們雖保有領地，也擁有大約三十戶農奴與農民，但強盛程度與人口數量早已漸趨薄弱。

身為農民者雖然未必擁有天賦，但他們與正統世系總有些祖傳的血緣關係。至於身為農奴者就既沒有天賦，也沒有祖傳的血緣關係。不過，這兩者有義務效忠領地的為首之家，也能要求一定的權利。多數的農奴和農民之家都經年累月住在農忙的土地上，居住時間與領主之家一樣長——或者還更久些。作物、禽畜、森林及其他的工作管理仰賴長久以來的慣例，或是經常召開的協調會議。我們領地內的居民很少會記起領主對他們握有生殺大權。卡達送了兩名農奴給提柏世系當禮物，那是對財富及力量一種罕見又魯莽的張揚行為。好處是，這份豪奢的大禮救了領地，因為它收攏了人心，又除掉外侮入侵的大患。由天賦之人賜予的禮物或許強過天賦本身。卡達這個策略用得很明智。但假如，一個領主竟把他的力量用在自己的人民身上，那就大錯特錯——比如艾洛對杰勒世系，阿格對足莫世系。

就抵禦外侮這個目的而言，貝晞世家的天賦一直都沒太大用處。能把各種野獸從森林裡召喚出來、馴服小驢駒，或與獵犬商討事情的確是一種天賦。不過，相較於那些有辦法只用一個注目和一個字眼，就放火把你的麥桿堆燒光，或把你和你的獵犬都除掉的男人，召喚天賦畢竟無法讓你使對方如何如何。所以，貝晞人很早以前就喪失領地——拱手讓給卡朗山脈的黑華世系。貝晞世系很多家族先後下山，與我們西部領地的人結婚。他們也試過保持血統純正，免得天賦遭到弱化，甚至喪失，但他們當然沒辦法總是如願。我們世系裡就有好幾個農民是貝晞人。那些負責照顧家畜的醫者和療者、負責飼養母雞的、負責訓練獵犬的，都是帶有貝晞血統的農婦。杰勒世系、寇迪世系以及樂得世系裡，也還有純正貝晞血統的後裔。樂得人擁有刀劍天賦，所以，碰到該維護掌控權的時候，他們大可隨自己的心意去自衛或攻擊。但是這些人大多缺乏運用那種天賦的脾性。他們不是愛記仇的人。比起突襲掠奪，他們對獵麋鹿打獵還更有興趣。不像多數自尊自重的高地人，樂得人寧可自己育養牛隻，不願偷竊別人家的牛。克思世系一度聞名的乳白色牛隻，其實是靠樂得人飼養的。我的祖先曾向樂得世系偷竊母牛和小公牛，一直偷到自己繁殖出一大群才停止。樂得人安分守己，耕田養牛，大為興旺，卻沒有擴張領土，藉此轉為強大。他們與貝晞人通婚頻繁，因為這個緣故，在我孩提時代，樂得世系才會有兩個領主，就是桂蕊的母親葩恩．貝晞，以及她父親特諾．樂得。

高山地區親族間關係一向都好，我們領地也不例外，這種和平之風已經延續了好幾代。特諾與父親是真朋友。那次杜奈大突襲，特諾就騎他那匹歪嘴的農用馬匹參與。

後來，他分到的戰利品是一名年幼的女農奴，可是過沒多久，他就把她送給了寇迪世系的巴塔．克思，因為巴塔．克思也分得一名女農奴，兩個女農奴是姊妹，她們被分開後，因為想念彼此哭訴個不停。下山突襲的前一年，特諾與葩恩剛結婚。葩恩在樂得世系長大，有些樂得血統。母親生下我之後一個月，葩恩也生了個女兒，就是桂蕊。

桂蕊與我從搖籃時代就是朋友。小時候，兩家父母經常互訪，我們有很多機會跑出去一起玩。我想，我是頭一個目睹桂蕊施展天賦的人，雖然我不確定那是真的記憶，或是根據她對我說過的話加以想像而來。畢竟，孩童的確能看見耳聞的事。當時，我看到的情形是這樣的：桂蕊與我正在搭建樹枝房屋，地點在樂得家廚房院子一側的沙地上。一隻好大的公麋鹿從屋後的小樹林走出來，向我們靠近。他的體型龐大，比一間房子還高，分岔的巨大鹿角輕輕晃動，堪與天空抗衡。他慢步直接走向桂蕊，桂蕊抬手，他把鼻子湊過去，擱在桂蕊的掌心，宛如向她致敬。我問：「他為什麼到這兒來？」桂蕊則說：「我召喚他的。」當時的情形我只記得這些。

幾年後，我把這段回憶告訴父親，他卻說那不可能是真的。因為當年，桂蕊與我還不超過四歲，父親說，天賦很少在孩子九歲或十歲之前顯現。

「卡達三歲就顯現了。」我說。

母親聽見這話，用她的小指頭碰了碰我小指頭一側，意思是：別頂撞你父親。

當時，凱諾惶惶不安，而我則粗疏自負。母親保護了他，免得因我感到受傷；同時也保護了我，免得因他感到受傷。母親的手法十分細緻，讓人不易察覺。

桂蕊是最佳玩伴。我們惹過不少小麻煩。其中最糟糕的是我們把小雞放了出來。桂蕊揚言有辦法教那些小雞玩各種把戲：跨過畫好的線、跳到她的指頭上等等。她炫耀地說：「這是我的天賦。」當時我們大約六歲、七歲。我們就這麼走進樂得家的家禽飼養場，驚擾那幾隻還在成長的小小雞，想教他們一點什麼——什麼都好。這項任務很讓人洩氣，也吸引我們全神投入，竟沒注意到沒將飼養場的大門關好，直到所有母雞跟隨公雞進了樹林，才訝然察覺。結果害得全家都得動員去把他們趕回來。

當時，有辦法召喚他們的葩恩剛好外出打獵，結果就便宜了樹林裡的狐狸——要是沒人感謝我們，至少狐狸會感謝我們。由於家禽場由桂蕊負責，所以，她對這件事非常內疚，還哭了。從那之後，我沒再看過她像那回一樣哭泣。還記得那一整個傍晚與第二天，她走遍整座樹林，呼喚幾隻走失的母雞：「比蒂！莉莉！雪兒！芬兒！」聲音很小，像隻哀傷的鶺鴒。

我們好像總是在樂得家胡作非為。假如是桂蕊與父母或與父親到克思家來，就不會有任何災難發生。母親非常喜愛桂蕊，有時她會突然說：「桂蕊，站著別動！」桂蕊聽話站住，母親便一直盯著她，盯到這個年方七歲的女孩害羞起來，開始吃吃笑著。「噯，別動嘛，」母親會說：「我正在記住妳呀，妳看不出來嗎？這樣才能生個與妳一模一樣的女兒。我想知道怎麼生個一模一樣的女兒。」

「妳可以再生一個像歐睿的兒子呀，」桂蕊提議。母親卻說：「不成！一個歐睿就很足夠了。我需要一個桂蕊！」

桂蕊的母親葩恩是個靜不下來的奇特女子。她的天賦很強，強到她本人就有如野獸一頭。獵人很需要她幫忙召喚動物，所以她常常不在家，足跡踏遍大半個高山地帶各領地。每逢她在樂得世系，總像被籠子關著，她看你時，彷佛從籠子柵欄之間的空隙看你。她和她丈夫特諾總是禮貌而小心地對待彼此。她對自己的女兒沒什麼特別興趣，對待女兒與對待別的小孩一樣，都是冷冷淡淡。

「妳母親有教妳怎麼運用天賦嗎？」有一回，由於父親教了我怎麼運用天賦，讓我產生一種自以為重要的感覺，所以特別問了桂蕊這個問題。

桂蕊搖頭。「她總是說，妳若不運用天賦，天賦就反過來運用妳。」

「妳總得學習怎麼操控它呀。」我正經八百、一板一眼，要讓她曉得其中利害。

「我不要學。」桂蕊說。

桂蕊生性倔強淡然——有時候還真像她母親。她從不與我爭吵，不護著她個人的意見，但也不會改變。我喜歡講話，桂蕊喜歡沉默。碰到母親說故事時，桂蕊會傾聽母親沒說的、沉默的部分，因而她聽進了每個字：聆聽，保留、珍愛並思考。

「妳是個聆聽者。」湄立對她說過。「妳不僅是個召喚者，也是個聆聽者。妳也聆聽老鼠，對吧？」

桂蕊點頭。

「那他們在說什麼呢？」

「說些老鼠事呀。」桂蕊說。她個性非常害羞，即使與摯愛的湄立相處，也很害羞。

「做為召喚者，我猜妳能召喚那些在我儲藏室築巢的老鼠，建議他們改住馬廄，對吧？」

桂蕊尋思。

「那樣的話，他們就必須搬動小寶寶。」桂蕊說。

「啊，」母親說：「我倒不曾想過這一點，真是的。再說，馬廄裡有貓。」

「妳可以把那隻貓移到妳的儲藏室。」桂蕊說。她腦袋的運轉常是出其不意的。她如老鼠那樣看事情、如貓咪那樣看事物、也如母親那樣看事情，三者同時兼顧。她的世界難懂極了。她不護衛自己的意見，因為她差不多是對每件事都持相左想法，但是，她同時又是絲毫不受撼動。

「妳可以講那個善待螞蟻的女孩的故事嗎？」她問母親，語帶羞怯，彷彿那是一項很不合理的要求。

「那個善待螞蟻的女孩。」母親重述一遍，宛如背誦故事題目。她閉上雙眼。母親告訴過我們，她講的故事大多取材自她小時候擁有的一本書，所以每次她講那些故事，感覺總像是把那本書裡的故事讀出來。她第一次這麼對我們說時，桂蕊曾問：「什麼是書？」

於是，母親根據那本不在場的書對我們朗讀。

很久、很久以前，坎別洛國王在位時，有個寡婦與四個女兒住在一個村子裡。她們日子過得很好，直到有一天寡婦生了病，而且一直不見好轉。於是，有個智婦來到她們家，仔細查看她的病體之後說：「只有一樣東西能把妳治好，就是『海井』的水。」

「噢天哪，噢天哪，那我不就注定要死了嗎？」寡婦說：「瞧我病成這樣，怎麼可能去到海井那裡呢？」

「妳不是有四個女兒嗎？」智婦說。

於是，寡婦央求她的長女去海井取一杯水回來。「妳將得到我全部的愛。」她說：「還有我那頂最上等的女帽。」

於是，長女啟程了。她走了一段路之後坐下來休息。在休息的地方，她見到一堆螞蟻合力拖拉一隻死掉的黃蜂回巢。「呸，噁心的東西，」她說完，還用腳跟踩他們，踩完才繼續走。到海岸的路程很長，但她辛苦跋涉，還是走到了。海邊有巨浪猛力撲擊沙灘。「啊，真是夠了！」女孩邊說邊將杯子探入最靠近的海浪，就帶那杯水回家了。「母親，妳要的水在這兒。」她說。母親把水接過去喝下。噢，真苦，又鹹又苦！淚水浮上母親的雙眼，但她仍謝謝女兒，並且把自己最上等的帽子送給她。女孩戴著那頂帽子出門去，很快尋獲一位愛人。

可是，那位母親的病卻越發嚴重，於是，她央請二女兒去海井取水回來，要是她做到了，就可以獲得母親的愛，以及她最上等的蕾絲禮服。女孩啟程。途中，她坐下休息時，望見一個男人牽一頭水牛在犁田，她發覺牛軛掛錯，導致牛脖子潰爛了一大塊。但她完全不以為意，繼續走到了海岸邊。巨大海浪在沙灘上怒吼。「啊，真是夠了！」說完，她迅速把杯子伸進海中，然後拿起來快跑回家。「母親，妳要的水在這兒。那套禮服給我吧。」鹹啊，那水又鹹又苦，母親簡直無法吞嚥。女孩穿上禮服，一出去，立刻找到一位愛人。而那母親依舊臥病，有如被死神握在掌中。央請三女兒去取水時，她簡直快沒氣息了。「我所喝的水，不可能是海井水。」她說：「因為它苦得像鹵水。去吧，妳將得到我全部的愛。」

「我不想要那個。但是，假如給我妳這間房子，我就去。」三女兒說。

那母親答應了。於是，女孩懷抱著雄心壯志啟程。她一路沒有停步，直走到海岸邊。在沙灘上，她碰到一隻翅膀受傷的灰鵝。灰鵝拖著受傷的翅膀向她走來。「走開，笨東西。」女孩說著，逕自向大海走去，看見巨大海浪在沙灘上翻騰，有如雷鳴轟響。「啊，真是夠了！」女孩說完，快速把杯子探入海中，取水回家。等她母親一嘗那又鹹又苦的海鹵水，女孩立刻說：「好啦，母親，妳出去吧，現在，這房子是我的了。」

「孩子，妳不肯讓我躺在自己的床上離世嗎？」

「妳若能快一點，倒還可以，」女孩說：「反正趕快就是了，因為隔壁小伙子為了我的財產希望跟我結婚。姊姊們和我準備在我的屋子舉行盛大婚禮。」

於是，那母親一邊躺著等死，一邊落下又鹹又苦的淚水。最小的女兒輕手輕腳走近她，說：「母親，別哭。我這就去幫妳取一杯海井水。」

「沒用的，孩子。海井太遠了，妳又年幼。我也沒剩什麼東西可以送給妳了。看來，我死定了。」

「唔，無論如何，我還是要試一試。」說完女孩就啟程了。

路途中，她看見路邊有一些螞蟻，正奮力搬移他們夥伴的屍體。「來，讓我幫你們一把，我做容易多了。」女孩說著，把他們都舀到手中，帶到蟻丘才放下。

她繼續前進，途中看見一隻犁田的水牛，被牛軛磨到流血。「我來把牛軛扶正。」她對那個犁田的人說，並取下自己的圍裙，放在牛軛下方墊著，好讓牛軛在牛脖子上使力時能順當些。

她走了很長的路程，終於來到海岸。沙丘上有隻翅膀受傷的灰鵝。「啊，可憐的鵝。」女孩說著，把自己的外裙脫下來撕開，用來綁住那隻鵝的翅膀，好讓受傷的鵝翅能夠痊癒。

然後，她往下走到海水邊緣。巨浪閃耀著光芒。她嘗嘗海水，又鹹又苦。海上遠處有個島，那是露在波光粼粼海水之上的一座山。「怎麼樣才能去到海井那兒呢？」她說：「我不可能游那麼遠呀。」但是，她仍然脫下鞋子，步入海中，準備游過去。

這時，她聽見一陣沉重的蹄聲，回頭一望，沙灘走來一頭長了銀牛角的白色大牛。「來，」那頭牛說：「爬上來，我載妳。」於是，她爬上牛背，抓住他的角。他們步入海水中，那頭牛游到了遠處那座島。

海島的岩石陡得像牆壁，滑得像玻璃。「我要怎麼去到海井那兒？」她說：「我不可能爬到那麼高呀。」但，她還是探手試著爬上岩壁。這時，一隻比老鷹還大的灰鵝向她飛來。「來，」那隻灰鵝說：「爬上來，我帶妳飛上去。」於是，女孩爬上去坐在鵝的兩隻翅膀中間，灰鵝把她帶到島嶼的山巔。那兒有一口清澈的深井。她把杯子探進去舀水，灰鵝又載她飛越海洋，那隻白牛游泳跟在後頭。

那隻灰鵝到了沙灘，一著地，起身時卻成了一個男子，一個又高又俊的年輕人。女孩之前撕下的裙子布條就垂在他的右臂上。「我是這片海洋的男爵，」他說：「我要娶妳為妻。」

「我得先拿這海井水回家給我母親。」女孩說。

於是，他與她一同騎上牛背，返回村子。她母親躺在病牀上，被死神握在手中。但她才喝一滴海井水，就抬起頭來了。再喝一滴，坐了起來。再喝一滴，站了起來。再喝一滴，她跳起舞來了。

「這是世上最甘甜的水。」她說。接著她與么女、海洋男爵一同騎上那頭白牛，去男爵的銀色宮殿，兩人在宮殿結婚，寡婦在婚禮中跳舞。

「但，那些螞蟻呢？」桂蕊輕聲問。

「啊，螞蟻，」母親說：「噯，那些螞蟻難道會不知感恩圖報嗎？不會的！他們也趕來參加婚禮，全部排成一列，用最快的速度前進，而且帶了一只金戒指，金戒指在他們蟻丘底下埋了有一百年之久。那年輕人與那女孩就用那只金戒指結婚了！」

「上一次。」桂蕊說。

「上一次？」

「上一次，妳說……妳說，那些螞蟻去參加小女兒姊姊們的婚禮，把所有蛋糕和甜點吃光光。」

「是呀，他們是那麼做的。螞蟻能做好多事情呢。而且，他們可以馬上到達任何地方。」母親認真地說，然後自己噗哧一笑，惹得我們也都笑了。因為她自己把螞蟻給忘了。

桂蕊的問題「書是什麼？」讓母親想到了一些事，那些事情在石屋這裡一向遭到疏忽，或根本沒人理睬——克思世系沒人能讀會寫。我們數羊是利用一根有刻痕的棍子。我們對這件事並不覺得難為情，母親卻感到難為情。我不知道母親是否曾經夢想回娘家探訪，或者曾經夢想她家族的人到高山地區來探視。這兩種情況都不大可能發生。但，孩子呢？假如她兒子下山，走進世上他處，卻沒受過教育，最後就像城中街道的乞丐那麼無知呢？她的自尊無法忍受那種情形。

高山地區完全沒有書本，所以，母親著手自製。她整平許多塊方形的亞麻布，再用兩個滾筒繃緊。她用橡汁製作墨水，利用鵝毛管製作筆。她為我們編寫識字課本，教我們讀，也教我們寫字。剛開始，用棍子寫在塵土上，接著用鵝毛管寫在拉平的亞麻布上。我們寫時雖屏住氣息，還是寫得亂七八糟，在亞麻布上濺了許多墨水。她把淡墨水洗掉，讓我們可以重複寫。桂蕊覺得這件事很難，全憑對我母親的愛她才能持續寫下去。而我卻覺得這是世上最容易的事。

「寫本書給我嘛！」我央求。於是，涓立為我把雷涅的一生寫了下來。她很認真看待這件事。曾經受教育的她覺得，假如我只擁有一本書，那應該是一部神聖的歷史。她仍記得《雷涅王風雲史》裡的一些字句，至於忘記的部分就用自己的話填補。我九歲生日那天，她將那本書送給我：四十張光滑的亞麻方塊布，寫滿端正的手寫字，還用藍色染線沿著上緣縫牢。我把這本書讀得滾瓜爛熟。到了能背誦全書後，我珍愛著書裡的手寫字，依然一讀再讀。不僅為了它們講述的故事本身，也因為我看見了隱藏在故事裡的事物：那些所有隱藏的故事，其中有我母親講的故事，也有沒人曾講過的故事。

第五章

母親教我讀寫的那幾年，父親也繼續我的天賦教育。然而，由於我沒有展現成為卡達第二的任何可能，也沒有露出什麼跡象，可以運用早慧的力量讓這個世界大吃一驚，所以，父親只能先教我天賦的使用方法，然後耐心等候天賦自行顯現。父親說過，他本人是直到九歲才有辦法毀滅一隻小昆蟲。

父親並不是天生有耐性的那種男人，他的等候純粹仰賴自律，同時懷抱希望。

他經常測試我，我也竭力表現：注目、抬起左手指向目標物、低語，加上鼓動那神祕事物——我的意志。

「意志是什麼？」我問他。

「唔，就是你的意圖。你必須有意使用天賦。假如你沒有那個意願，卻使用了天賦，有可能造成巨大傷害。」

「使用天賦時到底有什麼感覺呢？」

他皺著眉頭想了好久才開口回答。

「就好像什麼東西被整合了起來。」他說話的時候左手出於本能微微一動。「你就像個結，位在十多條繩子的中心，所有繩子都被拉到你之內，而你將之緊握。你也像是一把弓，但是那種有十多條弦的弓。你緩緩將它們拉開，越拉越緊，直到你說出：『行啦！』那股力量就會像弦上的箭般發射出去。」

「所以，是用意志操控力量去消解你正在注視的東西？」

他再一次皺眉，再一次思考。「那不是能用言語講述的事。完全沒有話語可用。」

「但你說……那要怎麼曉得該說什麼？」

因為那時我已經知道，凱諾運用天賦時從沒有一次說出相同的字眼，也可能——那根本不是什麼字眼。聽起來其實像重音的「哈！」或者像一個人突然全身用力吐出一股氣。事實上，好似又比那兩者的蘊含多些，而我就是一直沒辦法模仿成功。

「蘊釀到那股力量動起來的時候……它自然會發出來。」他最多也只能說到這裡了。這樣的交談讓他很困擾，因為他無法回答。我應該別問才對。我應該不要追根究柢才是。

到了十二、十三歲，我越來越憂心天賦不會展現。我的恐懼不僅僅呈現在想法上，也出現在夢裡。夢境中，我總是在正要使出什麼可怕萬分的破壞邊緣，例如使一座石造巨塔粉碎落地，或消解某個黑暗怪異的村落全體居民，甚至剛破壞完畢，正在廢墟和無骨無臉的死屍間遊走，拚命想找路回家。反正，一無例外，噩夢夢境總是在消解之前或之後。

從那種夢魘醒來時，我的心臟總像馬匹急馳那般怦怦跳動，於是我只好努力按捺那股恐懼，遵照凱諾曾說的，盡力整合那力量。我抖得幾乎無法呼吸，但我會瞪視床柱的雕花柱頭（破曉曙光才剛照出它的輪廓），我舉起左手指向柱頭，決心摧毀那個黑色的木質凸起。我用力發出撼動心臟的「哈！」接著緊閉雙眼，向黑暗祈禱我的願望、我的意志會被接納。可是，等我終於張開雙眼，那個木質柱頭依舊好端端在原地。我的時候還沒到。

未滿十四歲的那年，我們與足莫世系的人已經很少往來，與杰勒世系的艾洛則隨時保持警戒的敵意。他們完全禁止桂蕊與我靠近我們領地與該領地的邊界。那裡的邊界是整片的楞樹林。我們都很聽話，因為我們認得折腰郭楠，也認得那個雙臂被反折的男人。折臂男是艾洛領主所為，據說是出於一時興起的玩笑——他把那種行為叫做開玩笑，那男人還是他自己領地的農奴呢。「取走農奴的用處，」我們的農民說：「真不可思議。」針對領主所能做的批評，這算是最嚴重的了。艾洛瘋了——但沒人敢這樣明講，只能保持緘默，避之惟恐不及。

其實艾洛也避著克思世系。的確，他扭絞了我們的農奴郭楠的背，不管郭楠怎麼辯解，去杰勒世系偷木柴確實是超過底線了。根據高山地區的習俗，那樣把人扭絞，算是師出有名。父親沒有報復，只是去到楞樹林邊等候，直到艾洛經過，看得見父親在做什麼，凱諾便在那時召喚力量，在樹林沿著邊界消解出一道破壞路徑，看起來好像被閃電雷劈，成為槁木死灰、枝葉焦黑的界籬。當時，艾洛潛伏在樹林坡地的上緣，

他偷偷看著。凱諾沒對他說什麼，艾洛也沒說什麼。但自從那天起，邊界附近就不曾再見到艾洛的身影。

自從突襲杜奈，父親就穩穩地被冠上危險人物這個名聲，不需要另外附加什麼警告的舉動來證明。大家口耳相傳：「克思人是有快眼的。」聽到這種話，我自豪得要命：對凱諾、對我們、對我們世系、對我們的力量，我都很自豪。

杰勒世系是個貧窮、治理不善的領地，所以沒什麼好擔心。但足莫世系可就不同。足莫世系很富有——而且越來越富有。聽說，他們有不少人把自己當成卡朗山脈各領地的領主，常帶著自負自大的派頭到處索取保護費和納貢——納貢！彷彿他們真的就是高山地區的領主！然而，比較衰弱的一些領地自始至終也只能乖乖接受足莫人的強行勒索，拿羊、牛、羊毛，或甚至農奴去納貢，因為足莫世系的天賦真的很可怕。那種天賦作用得很緩慢，肉眼看不見，也缺少刀劍、消解或燃燒的戲劇性。但，足莫世家的阿格領主可以在今年穿越你們的田野和牧地，明年，農田的玉米就會凋萎在地，牧地會寸草不生好幾年。他還能把這種「慢耗」加諸於羊群、牛群，甚至你的家人。與足莫世系西南邊界為鄰的一個小領地，里門世系，他們所有人就是因此斃命。阿格領主去里門人那兒提出一些要求，里門領主在大門口相

迎，卻意圖違抗阿格，並打算隨時運用「火擲」的天賦，他還叫阿格滾蛋。結果，阿格利用深夜潛行到里門家，繞著他們的屋舍施展魔法——人家是這麼說的，因為足莫的天賦並非一個注目加一個字眼的那種，而是低語、說出名字，外加手部動作，施展得費上一點時間。

結果，從那時起，里門家族每個人先後染病，四年內全部斃命。

雖然大家口耳相傳，但凱諾懷疑這種故事。「在黑暗中，人又在外面，而對方在屋內，足莫不可能達到那種效果。」凱諾說得很有把握。「他的力量與我們的力量類似，須透過眼睛看，才有辦法進行。說不定，他是在人家那裡留了些毒藥。說不定，里門家的人是生了與阿格無關的疾病而死。」無論事情究竟如何發生，阿格都被看作出事的原因。當然，他因此獲利——里門世系成為其財產。

有很長一段時間，這些事與我們沒有直接相關。豈料，寇迪世系有兩兄弟因誰是繼承人暨真正的領主發生了爭端，阿格於是動用一些族人進駐寇迪領地的南部，聲言是在保護寇迪世系。兩兄弟繼續爭吵，而且你爭我奪。阿格則是利用這個時機霸占他們的土地。這樣一來，足莫世系恰好與克思世系毗鄰，鄰接處在我們的西南邊界。

於是，阿格成了我們的鄰居。

自從那時起，父親的脾氣一轉——轉向黑暗。他覺得他領地內的全族系都處在危險中，我們卻只有他一個人可以護衛大家。他的責任感很強——可能強過頭了。對他而言，特權即義務；命令即服務；力量、天賦本身也意味著自由的嚴重喪失。假如他是個沒有妻小的年輕人，我想，他可能不惜發動突襲對抗足莫世系，一次面對所有危險，在這次自主性的行動中賭上自己。然而，他是一家之長，一個肩負重擔的男人，全心全意照料著一個貧窮的家園、看顧著其中的百姓。而他所擁有的，不過是一個沒有防衛能力的妻子，以及一群親屬，而親屬中根本沒人具有他那種天賦，可以陪他抵抗敵人。

除了我，他的兒子，將來「或許」會有那種天賦。

而他兒子現在十三歲了，依然沒有展現天賦的跡象。這就像顆螺絲，把凱諾的憂慮拴得更緊了。

我接受了完美的訓練，知道該如何運用，卻沒有天賦可以運用。就好比我受教騎馬，卻根本不曾跨上馬背。

這件事讓凱諾苦惱極了，而且越來越苦惱。這我是知道的，因為他要藏也藏不住。而湄立不能像其他事那樣幫他，也沒辦法安慰他，甚至不能居間協調，或是減輕我們加諸於對方的重擔。畢竟，對於這個天賦以及它運作的方方面面，湄立知道什麼呢？她對天賦全然生疏。她沒有高山血統，來這裡也沒見過凱諾運用天賦——除了在杜奈市場那裡見過一回，見他毀滅一個狙擊者，並使另一個狙擊者殘廢。凱諾沒有意願對湄立展示摧毀的天賦，也一直沒那個必要。那天賦使湄立駭怕莫名。她不了解它，而且說不定還半信半疑。

為了警告艾洛而在梣樹林留下一排死樹之後，凱諾只在一些小事上運用天賦，都是為了讓我察看天賦的運作方法，以及隨之而來的代價。他從沒在狩獵上運用天賦，因為動物肌肉、骨頭、器官的分解崩散太過可怕，沒人會有興致食用獵物。而且，無論如何，在凱諾心中，這個天賦不是為了平常的用途，它只有在真正需要時才派上用場。也因此，湄立可能多少忘了凱諾擁有這個天賦，既然這樣，假如我根本就沒有天賦，她也看不出有什麼該操心的理由。

真的，只有到了聽說我（終於）展現出力量之後，她才驚恐起來。

我也一樣。

我與父親騎馬外出。他騎那匹灰色的老種馬，我騎花妮。同行的還有阿羅，一個年輕的農民。阿羅的克思血統來自他父親，他擁有「單眼接觸」的力量，能鬆開各種結，還會另外幾種這一類的招數。阿羅說，要是他注目得夠久，說不定能毀滅一隻老鼠。只是，他不曾找到有哪隻老鼠肯在附近待得夠久，讓他可以確定是否具有這種力量。他是個好性情的男人，愛馬，也罩得住馬，他是父親盼望已久的那種馴馬師。那陣子他正在訓練花妮最小的兒子。我們很細心照顧那匹才兩歲的小公馬，因為父親覺得那匹小公馬是紅駿馬再世，而紅駿馬就是他昔日騎去杜奈找老婆騎的那匹。

我們去的地方是克思領地西南邊陲放羊牧地，雖然凱諾沒說什麼，我們仍保持警戒，留神是否有跡象顯示足莫世系的人在我們領地閒晃，或是他們的羊混跡到我們的羊群內，可讓足莫牧人趁著過來領回他們的羊時「順手牽羊」，寇迪世家的人曾經警告我們，因為他們與足莫世系長久為鄰，清楚得很。此時留神一看，果然，在我們的高山粗毛種母山羊裡，有幾隻以前沒見過的羊。我們的牧羊人都在母山羊毛茸茸的耳朵做了淡黃色的記號，以便區別我們的羊與艾洛的羊——以往，杰勒人的羊會遊走到我們牧場，杰勒人居然因而指責我們偷他們的羊。但是，自從父親在梣樹林做了分界之後，艾洛就不曾那樣了。

我們轉向南騎，找到我們的牧羊人和他的牧羊犬，要他把足莫人的羊區分出來，送回他們所屬的牧場。然後，我們向西騎，發現界籬有破口，馬上將它修好。凱諾生氣地皺著眉，阿羅與我溫順沉默地跟隨在他後面。我們沿著山腰快騎，慢灰的前蹄踩到一塊被青草遮掩的板岩，板岩光滑傾斜，害馬匹滑了一下，還大幅度向側邊傾斜。還好立刻回正了。也幸好凱諾沒被摔下馬。他欠身查看慢灰有沒有扭到腳。這時，那塊斜岩上方，在凱諾的腳有可能往下碰觸到的地方冒出一條蝰蛇[1]，正作勢攻擊。我大喊，伸手指著蛇。凱諾停在欠身查看馬腳的姿勢，瞄了我一眼，再看那蛇一眼，接著揮動左手指向蛇，接著在馬背上回復正坐，這一切都發生在一瞬間。慢灰四腳離地，大動作躍離那條蛇。

蛇癱在岩石上，活像被丟棄的袋子，軟趴趴的不成蛇形。

阿羅與我坐在馬匹上瞪視這一幕，完全呆住了。我們兩人的左手都僵硬地指著那條蛇。凱諾先安撫慢灰，再小心翼翼下馬，仔細查看岩石上那個已毀的東西，然後抬頭看著我。他的表情很奇特：緊繃而銳利。

「幹得好，兒子。」父親說。

我目瞪口呆地坐在馬鞍上。

「確實幹得好！」阿羅拉開大大的笑容。「石神在上，那種蛇可是有劇毒啊，而且壞透了，領主差點被牠一口咬進骨頭裡！」

我盯著父親結實光裸的棕色大腿。

阿羅下馬，想仔細看那條蝰蛇的殘屍，因為他所騎的小紅馬不肯靠近那個壞東西。「確實被毀滅了，」他說：「是一隻強眼做的！瞧那邊，那是牠的毒牙。可惡的壞東西。」他朝那東西吐口水。「是一隻強眼唷。」他又說一遍。

我說：「我並沒有……」

我盯著父親，感到不解。

---

1 蝰蛇（adder），世界上最毒的蛇種之一。

「我剛才看牠時，牠已經被消解了。」凱諾說。

「但你……」

他皺眉，不過沒有生氣。「是你毀滅牠的。」他說。

「是呀，」阿羅插嘴道：「歐睿少主，我看見是你幹的，快如閃電。」

「但是我——」

凱諾看著我，嚴峻而堅決。

我試著解釋。「剛才的情形跟之前那幾次都一樣，我做出嘗試，但什麼都沒發生。」我打住。由於事出突然，我好想哭，而且好困惑。因為我似乎做出自己都不曉得有沒有做的事。「我剛才也沒什麼不同的感覺啊。」我哽咽道。

父親繼續注視我一會兒，說：「即使那樣，依然是你做的。」說完，他躍上慢灰。阿羅則必須去把那匹小紅馬抓過來，因為小紅馬不想再被騎了。奇異時刻已過，我不想去看那個剛才還是一條蝰蛇的東西。

我們騎到界籬邊，發現了足莫羊可以跨越的地方。看來那片圍牆的石頭像是最近才被人拉出來。所以那個早上，我們就是埋頭整修那片圍牆與附近幾處可以稍加修復、增強的地方。

我居然做出自己想都想不到的事，真難以置信啊。那天傍晚，父親對母親提起這件事，更是教我大吃一驚——他照例以他一貫的風格，講得輕淡扼要，母親必須經過一些時間消化，才明白父親是在告訴她：我已經展現天賦了，而且還可能因此救了他一命。母親與我一樣，由於太困惑，她的回應不是高興或讚賞，而是焦慮。「那些蝰蛇——牠們有那麼危險嗎？」她不只一次這麼說。「我以前倒是不曉得牠們那麼毒。小孩四處跑著玩的那些山坡，任何地方都可能有牠們出沒啊！」

「沒錯，」凱諾說：「牠們一直都是那樣。幸好，那種蛇為數不多。」

凱諾深知，我們的生活周遭始終有迫切的危險，但湄立不信。她必須違抗自己的心，必須很勉強地掙扎一番才能相信。她不是那種蠢蠢地隨便懷抱希望的人，但終究一直被庇護著，不曾受到什麼具體傷害。是凱諾一直庇護著她。雖然，凱諾不曾欺瞞過她。

現在，他終於說了：「以往我們的天賦也被稱為『蝰蛇』。他們很早就將那個古老的名字送給了我們的天賦。」他目光掃向我，雖然只是單眼一瞥，卻像早上山腰的那瞬間般鄭重嚴厲。「牠們的毒液與我們的攻擊，作用起來很像。」

母親瑟縮了一下。過一會兒，她才對父親說：「我了解，你很高興這個天賦在今早化為真實。」她是鼓足了勇氣才說出這句話的。

「這天賦是真實的，我從沒懷疑過。」父親回答。他這話等於是向母親、也是向我再一次確證。可是，我竟沒有把握母親與我是否都能夠接受。

那天夜裡，我躺在床上睡不著。那個年紀的男孩躺著能醒多久，當天夜裡我就醒著多久。我一而再、再而三回顧，早上看見那條蝰蛇時到底發生了什麼事？我越回顧，越困惑、越苦惱。後來終於睡著，卻夢見令人困惑、苦惱的夢，而且很早就醒了。我下床到馬廄去。

這是我第一次比父親早到馬廄。但是過不久他也來了，邊揉著惺忪睡眼，邊打著哈欠。

「早安，歐睿。」他說。

「父親，」我說：「我想要——談談那條蛇。」

他微微偏頭。

「我知道我用了手勢和注目，但不認為我殺了牠。我的意志跟之前每一次一樣，沒有任何差異。跟那幾次都是一樣的。」說著，我開始感覺喉嚨和兩眼後方浮現灼痛的壓迫感。

「你不會認為是阿羅做的吧？」他說：「他不具備那種天賦。」

「但你——是你攻擊牠了。」

「我看見牠時牠已經被消解了。」他的說法與前一天一模一樣。但這次有幾絲閃爍從他的聲音和雙眼透出，那是帶了些許覺知、疑問或不確定的閃爍。他尋思著，臉上再次出現嚴峻的表情。稍早在馬廄門口見到他時，那股嚴峻是被睡眠柔化了。

「是的，我有出手攻擊那條蛇，」他說：「但是在你出手之後，我便確定是你先攻擊的——而且是運用迅速強大的手和眼。」

「可是，假如這一次與之前嘗試但失敗的那麼多次幾乎一樣，我如何知道自己是不是運用了力量？」

這話讓他突然挺直身子，站在那裡皺眉深思起來。最後，他開口，頗為躊躇：「你想不想現場試一試天賦，歐睿？就是現在，對準某個小東西——就那邊那一小叢野草吧。」他指了指庭院靠近馬廄門的地方，那個角落的幾顆石頭間有一小叢蒲公英。

我注視那一小叢蒲公英。眼淚冒出眼眶，我無法將它們按壓回去。我雙手掩面，啜泣起來。「我不想試，我不想試！」我哭著說：「我沒辦法，我沒辦法，我不想試！」

他走過來跪下，一隻臂膀環繞我，由著我哭。

「沒關係，親愛的。」等我平靜些，他才說：「沒關係，這到底不是普通事兒。」他讓我進屋子洗臉。

之後，我們沒再談起天賦。或者說有好一段時間不談它。

第六章

之後，接連幾天，我們帶著阿羅回到西南邊陲的牧地，把該整修、搭建的界籬繼續完成，讓另一邊的牧羊人明白，這些界牆的每一塊石頭我們都一清二楚，哪一塊被移動了，我們都會知道。工作到第三、四天時，有一群人騎著馬，從小懸崖下方的牧場斜坡向我們走來。那片斜坡原本屬於寇迪世系，現在變成足莫世系的了。羊群咩咩叫著閃躲那群騎士。他們直直向我們騎來，登上山頭平臺後更是加快了速度。那天的天氣陰沉，又有些霧溼。稍早，橫掃山區的一場好雨把我們淋得溼透，修牆用的岩石濡溼多泥，更是讓我們渾身髒汙。

「啊，石神在上，那是老蝰蛇本尊呢！」阿羅嘀咕著。父親瞥了阿羅一眼，示意他安靜，等那群騎士來到界牆邊，才以平靜清晰的語調出聲：「阿格領主，你好。」

我們三人都欣羨地看著他們的馬匹，因為每匹都是良駒駿馬。領主本人騎一匹蜂蜜色的母馬，在他龐大的身軀之下，那匹母馬顯得格外秀緻。阿格．足莫的年紀大約六十上下，有個大桶腰肚和公牛脖子。他穿黑色男短裙及外套，但並非粗毛氈的材質，而是用精織的羊毛料裁製而成，露出肌肉累累的小腿，他的座騎套著鑲銀的馬勒。我主要是留意這些，反倒沒怎麼看他的面孔，因為我根本不想抬頭看他的眼睛。我這一生的十多個年頭一直聽人說阿格領主的壞話。更何況，他剛才騎著馬，一路針對我們直奔界牆的態勢，像要出手攻擊似的，完全無法改善我對他的印象。

「克思家的，正在整修羊籬笆？」他的音量很大，卻帶著意料之外的溫暖和快活。「成果不錯啊。我底下有些擅長乾砌石頭的男工，改天叫他們過來幫你們。」

「我們今天就差不多可以完工了。不過還是謝謝你的好意。」凱諾說。

「我還是派他們過來吧，籬笆有兩邊，嘎？」

「的確。」父親應和，口氣是愉快的，雖然表情與他手裡的石頭一樣硬。

「這兩個小伙子，有一個是你的，嘎？」阿格打量阿羅和我。這侮辱很微妙。他肯定知道凱諾的兒子還是個男孩，而不是二十歲的男子。這暗示了克思家的子嗣與克思家的農奴實在無法區別。雖是帶刺的話，我們三人還是默默嚥下了。

「是他。」父親沒有說出名字或介紹，甚至也沒有看向我。

「既然我們的領地相鄰，」阿格說：「我心裡一直想邀請你和夫人到足莫一訪。要是我一、兩天內去你家，你會在嗎？」

「我會在家。」凱諾說：「歡迎你來。」

「好呀，好呀。我會去的。」阿格抬起一隻手，草率敬個親切禮，然後掉轉座騎，帶他那一小隊人馬沿著界牆離去。

「唔，」阿羅嘆口氣：「那真是一匹漂亮的黃色小母馬。」他與父親一樣是徹頭徹尾的馬夫，兩人一直渴望、並且計畫著改善我們的馬廄等級。「要是我們這一、兩年內讓布藍提跟她在一起，不知會生出一隻多棒的小馬來呀！」

「也不知會付出多少代價呀。」凱諾正色道。

從那天起，凱諾很緊張，而且常常一臉不悅。他吩咐母親為阿格的到訪做好準備。當然，母親聽話做了準備。然後他們等著。凱諾都沒有遠離石屋，因為不希望讓母親獨自接待阿格。可是，阿格卻過了半個月才來訪。

他帶了與上次相同的隨員前來，全都是他的手下及他領地內其他世系的男人，沒有半個女人。以父親剛烈的自尊，這情形堪稱侮辱，而他並沒有放過此事。「很遺憾尊夫人沒有與你同行。」父親說。阿格這才抱歉連連，說他妻子料理家務，負擔很重，而且健康狀況也不好等等。「但是，她盼望在足莫領地迎接你的到來。」阿格轉向湄立。「在以前，我們常騎馬走訪其他領地。我們這些後人真是偏離了高山人熱誠的舊習慣。不用說，你們山下那邊的城市一定是大為不同。聽說，你們的鄰居都住在附近，稠密得有如烏鴉擠著吃腐屍。」

「的確是大為不同。」母親溫順地回應。阿格喧噪的嗓門及碩大的體型似乎總散發壓制人的威脅，母親像被縮蝕了一般。

「這一位想必就是你家的小伙子了，前幾天才見到。」他說著，突然轉向我。「名叫卡達，是嗎？」

「歐睿。」我沒作聲，所以母親代為發言。其實我是故意低下頭的。

「好。歐睿，抬起頭來，讓我看看你的臉。」大嗓門說。「你害怕足莫人的眼睛嗎？」他又笑起來。

我的心在胸口上猛烈敲打，差點讓我窒息。但我強迫自己抬頭，望向懸在上方的那張大臉。阿格的眼瞼厚重而下垂，使人幾乎看不見他的眼睛。透過層層疊疊的皺摺與眼袋，他眼睛有如蛇眼那般冷靜而空洞。

「我聽說你已經展現你的天賦了。」他瞥一眼父親。

阿羅當然已經把蝰蛇的事告訴我們領地所有人，在高山區這裡，話語傳遞的速度之快，令人驚奇。畢竟這裡看起來好像沒有誰會向任何人講些什麼——除了對最親近的親屬。可是，就連最親近的親屬，大家似乎也很少說些什麼。

「他已經展現了。」凱諾說話時看著我，而不是阿格。

「那麼，雖然是謠言，這次看來是真的囉。」阿格的語調帶著溫馨與祝賀之意，我真無法相信他剛才對母親的露骨侮辱是蓄意所為。「消解的天賦，好耶，那是我很想見識的力量呀！如你們所知，在我們足莫世系，只有女人具有克思血統。當然，她們是承襲了天賦，卻無法展現。也許小歐睿肯為我們做個示範。小伙子，你願意嗎？」大嗓門顯得很和藹、很熱切。拒絕是不可能的。我沒說什麼，但禮貌上必須有點反應。我於是點頭。

「好。那麼，我們會在你來之前設法先找到幾條蛇，嘎？要是你喜歡的話，或許也可以幫我們把舊穀倉的老鼠和小貓清除掉一些。我很高興知道那天賦真的展現了。」這是對父親說的，語調同樣熱烈和藹。「因為我對我一個孫女——就是我最小兒子的女兒——一直有個想法。等你們到足莫時也許我們可以談一談。」他起身。「現在，妳看，我並不像他們所說的像個食人妖怪吧。」這話是對母親說的。「等到五月，道路乾了，你們將會大駕光臨，好嗎？」

「十分樂意，先生。」湄立也起身，而且合指疊掌，頷首鞠躬。那是平地人禮貌表示尊敬的姿勢，我們相當陌生。

阿格注視她，彷彿因著這個姿勢，湄立才入了他的眼。之前，他都沒真的在看我們任何人。母親恭敬冷漠地站著，她的美不像高山婦女，她的美是骨子裡的優雅、敏捷，以及細緻的能量。我看見阿格的表情改變，變凝重了，裡面有我讀不出來的情緒——驚嘆、羨妒、飢渴、怨恨？

他呼喚那幾個跟來的隨員。他們原本一直圍坐在母親為他們準備的餐桌旁，此時魚貫走向庭院他們的馬匹那兒。不一會兒，全體在馬兒的雜踏聲中離開。母親看著盛宴後的杯盤狼籍。「他們大吃了一頓。」她帶有女主人的自豪，但也蘊含悲傷，因為她花了一番精神和力氣製作點心，卻完全沒有剩下一點點可以給我們自己吃。

「有如烏鴉擠著吃腐屍。」凱諾諷刺地引用道。

母親輕輕一笑。「他並非圓滑的外交官。」母親說。

「我不曉得他是什麼。也不曉得他為何而來。」

父親瞥瞥我，但我站著不走，決心聽他們說什麼。

「也許。」凱諾說，很明顯想延後討論，至少，延到我明白自己不應該在那兒聆聽、自行離開之後。

母親倒是沒有這層顧慮。「他是在講訂婚的事？」

「那女孩想必差不多年紀了。」

「歐睿還沒十四歲呢！」

「她應該再小一點。十二或十三歲。但，妳知道嗎，她從她母親那邊繼承了克思血統。」

「兩個小孩子訂婚然後等結婚？」

「倒不是什麼不尋常的事。」凱諾的口氣漸漸冷硬起來。「只是訂婚，好幾年後才結婚。」

「無論是哪一種安排，他們現在都太年幼了。」

「早早把事情定了，讓大家都知道，這是最好的辦法。好交易是透過婚配而來。」

「我不想聽這種話，」母親平靜地說，一邊搖頭。她的口氣一點都沒有違抗之意。她向來就是個不常宣示反對意見的人。以父親那陣子的緊繃，要是母親明白反對，可能早就不曉得把父親激到哪兒去了。

「我不知道足莫家想做什麼，但如果他提出訂婚，倒是個大方的提議，我們也該謹慎考慮。西部這一帶沒有其他具有真正克思血統的女孩。」凱諾看著我。我忍不住回想父親平時怎麼用那深思、評估的目光注視那些小公馬和小母馬，琢磨著馬廄的未來。然後，他轉開了目光，不再看我。「我只是想不通，他何必做這提議。也許他有意藉此補償我們吧。」

湄立睜大眼睛。

我得把這些對話想出個所以然來。凱諾所說的「補償」，是指當年為了保有純正血統，凱諾本來有可能娶回家的三個女人，卻被阿格搶先要走，激得凱諾只好下山找個根本不具有克思血統的女子為妻……是指這件陳年往事嗎？

母親整個臉漲紅，紅得前所未有，致使她清亮的褐色皮膚變得有如冬天夕陽那麼暗沉。

她小心翼翼說：「你一直在期待嗎？補償？」

凱諾愚鈍的時候有可能像石頭那麼愚鈍。「那才公平啊。」他說：「可以修補一點藩籬。」他踱步遠去。「蝶丹不是老女人，還沒有老到無法給沙貝．足莫生出這個女兒。」他又踱步回到我們身旁，站定看著地面深思。「假如他真的提議了，我們就必須加以考慮。足莫世系是邪惡的敵人，他卻可能是個好朋友。倘若他給的是友誼，我必須接納。而且對歐睿而言，這樣的機會比我能期望的好多了。」

湄立沒說話。她剛才已經表明反對，此時再也沒別的可講了。她雖然沒聽過讓孩子年幼就訂婚這種事，而且不大喜歡，但是為孩子安排好婚姻，並利用婚姻取得財產上和社交上的好處，這樣的處理原則她倒也非常熟悉。更何況，領地之間的友好與交惡，以及維持血統等等事情，相較之下她都只是那個外來者、那個局外人，因此，她必須信任父親的知識和判斷。

但，我卻有個私人的想法。既然現場有母親與我站在同一邊，我於是發話：「假如我與足莫那個女孩訂婚，那桂蕊怎麼辦？」

凱諾與湄立同時轉身注視我。

「什麼桂蕊怎麼辦？」凱諾問，好像在裝笨。這可不像他。

「假如桂蕊與我想訂婚，那怎麼辦？」

「你年紀太小了！」母親脫口道。但講出來才發覺著了自己的道。

父親靜立了一會兒，才說：「特諾和我曾經談起這件事。」他一字一句說得堅決凝重。

「桂蕊具有出色的血統，她的天賦也很強大。她母親希望她與寇迪世系貝晞世家的安倫訂婚，以維持純正的血統。只是，目前還沒明確的決定。但，歐睿，足莫這女孩具有我們的血統。這件事對我或對我們族人都相當重要，所以是我們不能拋棄的機會。現在，足莫世系是我們的鄰居，而成為親家是邁向友誼的一個途徑。」

「我們與樂得世系一直都是朋友啊。」我堅持立場。

「我沒有輕看這一點。」凱諾站在那兒盯著杯盤狼籍的餐桌，對自己所講的各項決斷也還拿不定主意。「這件事暫時擱著吧，」他終於說。「足莫也許根本沒那個意思。他是個忽熱忽冷的人。等五月去他們那裡，就會比較清楚利害得失。說不定我誤會他的意思了。」

「他是個粗人，但好像有心示好。」湄立說。「粗人」這種字眼，不管她對誰使用，都算嚴厲。那意味她非常不喜歡阿格。但是，如果不信任對方（那並非她的天性）又會使她很不舒服。在沒有善意當中看出善意，是母親的創造本領，我們很常碰到那種情形。所以，家中與她同工、為她工作的人都甘心樂意。再陰鬱的農民與她談話都十足熱忱，口風緊的年長女農奴都把她當姊妹，放心傾吐傷心事。我等不及要去見桂蕊，告訴她即將出訪的事。等候阿格到來這段期間，我一直被關在家裡。不過，只要完成分內工作，我其實可以隨心所欲外出。所以，第二天下午，我告訴母親我要騎馬去樂得世系。她清澈的雙眼注視著我，看得我臉都紅了，但她沒說什麼。我問父親可不可以騎那匹小紅馬。跟他說話時，我感到一股不尋常的自信。父親已經看過我展現我們血統的天賦，也聽到我像個未來的新郎那樣說話，所以，當他同意我騎那匹小紅馬，而且沒有提醒別讓羊群受到馬匹驚嚇，或是馬兒跑過後要帶他散散步，我一點都不意外。假如我還是個十三歲的小男孩，而不是十三歲的男人，他一定會提醒我的。

第七章

我出發時，與所有男人一樣腦中裝滿大小事，於是也就感覺自己重要了起來。

布藍提這匹小公馬步伐輕快愜意。到了開闊的長草坡，他更有如小鳥飛翔般流暢地慢跑起來。他不理會注視他的牛隻，只留意自己的腳步是否完美，彷彿他也曉得要尊敬我新獲得的力量。我們抵達樂得世系的石屋時，他仍然小跑著，我對他和對自己都感到十分滿意。有個女孩跑進屋內告訴桂蕊我來了，我牽著布藍提在庭院繞行，好讓他緩和下來。他是這麼高駿的一匹馬，與他同行的人也會自覺尊榮高貴、風度翩翩。我像孔雀般昂首濶步，桂蕊欣喜地穿越庭院跑向我們。那匹小公馬當然對她的天賦有所反應：他很感興趣地注視桂蕊，雙耳前傾，向她靠近一步，頭稍微前彎，好讓自己的前額貼近桂蕊的前額。桂蕊優雅大方地接受布蘭提的行禮，撫摸他的頭飾，輕輕向他的鼻孔吹氣，並且用她所謂的「動物語」溫柔對他說話。至於我，她倒沒對我說什麼，只是笑容燦爛。

「等他體溫降下，我們去瀑布那邊。」我說。所以，我們把布藍提牽到馬廄，安置在其中一個棚間，給他一點乾草和一把燕麥，桂蕊與我就出發往峽谷去了。從設置磨坊車的小溪往上約一英里遠，兩條支流在一個狹窄的深色裂口匯合，然後經過高高低低的石頭堆，最後流進一個深池中。奔流不歇的瀑布帶來一股持續的涼風，野生杜鵑花和黑柳木組合而成的灌木叢迎風搖擺。灌木叢裡，有隻總是隱身的小鳥在唱三音歌。較低的那個池子邊，有隻黑鶇築巢而居。我們到了那裡，先涉水，然後彎腰走進瀑布底下，接著攀岩、游泳、攀爬、喊叫，最後手腳並用爬到一個高高突起於日光下的寬平岩架。我們在那上頭伸展四肢，讓陽光晒乾身子。那天是早春，還不是很暖和，溪水冰涼，但我們宛如水獺，並不真覺得冷。

我們沒有幫那個岩架取名字，但多年來都在這兒聊天。

躺了一會兒，我們沐浴在陽光下大口喘氣。我心裡裝滿了要講的事情，所以很快就開始說了：「足莫世系的阿格領主昨天來拜訪我們。」我告訴桂蕊。

「我見過他一次。」桂蕊說。「有一次母親帶我去那邊狩獵。他長得……好像吞了個水桶到身子裡去似的。」

「他是有力量的男人。」我以自負的口氣說。我希望她認同阿格的不凡，那麼，對於我把成為阿格女婿的機會犧牲掉，她才會如我所想地對我刮目相看。只是，之前我沒跟她提過這種事，在該對她說的時候，我卻發現難以啟齒。我們面朝下，趴在暖和平滑的岩石上，有如兩隻皮包骨的蜥蜴。我們的頭靠得很近，這樣才能靜靜說話——桂蕊喜歡這樣。她不是那種躲躲藏藏的人，而且有本事像野貓一般吼叫，但，她就是喜歡輕聲細氣地談話。

「他邀請我們五月去足莫拜訪。」

沒回應。

「他說，他希望我見見他的孫女。她孫女有母系那邊的克思血統。」我在自己的聲音裡聽見父親話語的回響。

桂蕊發出模糊的聲音，但好久好久沒說什麼。她兩眼閉起，溼髮貼著我能看見的一側臉孔，另一側臉孔枕在岩石上。我以為她要睡著了。

「你要去嗎？」她終於囁嚅道。

「見他孫女？當然。」

「去訂婚。」她說，兩眼依舊閉著。

「才不！」我說得憤慨，但其實並不確定。

「你確定？」

躊躇一下，我說：「確定。」憤慨少了些，但並沒有比較確定。

「母親打算讓我訂婚。」桂蕊說。她轉過頭，下巴抵著岩石，所以正好直視她的正前方。

「跟寇迪世系的安倫．貝晞訂婚。」我說，對於自己知道這件事還挺自滿。但桂蕊可不。她討厭知道他人背地裡談論她。她喜歡隱形過日子，像黑柳叢裡那隻老是隱形的小鳥。

她默不作聲，而我覺得自己好蠢。我帶著歉意說：「我父親和妳父親討論過這件事。」她還是默不作聲。既然她剛才問我，我為什麼不該問她呢？但實在難啟齒啊。捱到最後，我終於強迫自己說：「妳要訂婚嗎？」

「我不知道。」她下巴抵著岩石，所以聲音從緊閉的牙縫逸出，眼睛仍直視正前方。

我心想，對於她的提問，我那麼堅定回答「不」。反過來卻得到她這樣的回報。我是準備為桂蕊放棄足莫孫女的，但難道桂蕊不肯為我放棄這個安倫嗎？太傷我的心了。我於是脫口道：「我一直以為——」卻又打住。

「我也一直以為。」桂蕊喃喃道。過了一會兒，她細聲細語的話幾乎消融在瀑布的聲音中。「我告訴過母親，十五歲之前不願訂婚。任何對象都一樣。父親同意了，但母親很生氣。」

她突然翻身仰躺，凝望著天空。我也照做。我們躺在岩石上，兩手很靠近，但沒有碰到。

「等妳十五歲。」我說。

「等我們十五歲。」她說。

很長的一段時間裡，我們總共只說這兩句話。

躺在太陽下，我感覺快樂就如同穿透我輝耀的那片日光，也如同背部之下的岩石力量。

「召喚那隻鳥。」我低聲說。

她吹了三個音。下方迎風搖擺的灌木叢裡及時傳來甜美的回應。一分鐘後，那隻鳥又叫一次，但桂蕊沒有回答。

她原可把那隻小鳥召喚到手中，棲在手指頭上，但她沒有那樣做。去年，自她開始有完全的力量，我們常運用她的天賦玩各種遊戲。她會叫我在樹林內的某個空地等候，我不曉得接下來會看見什麼，只能維持獵人般緊繃的警戒。突然之間，就看見一隻雌鹿和她的小鹿出現在空地邊緣，我每次都被嚇一跳。或者呢，我聞到狐狸味，四下張望，才看見狐狸坐在離我不到六英尺的草地上，像家貓那麼端莊坐著，尾巴優雅地圍繞腳掌。有一次，我聞到某種臭味，教我毛髮直豎，結果呢，看到一頭棕熊正穿越空地，他一腳重、一腳輕地走過，看也沒看我一眼，就消失在森林中。過不多久，桂蕊會悄悄溜到空地來，害羞地微笑道：「剛才那些你喜歡嗎？」碰到棕熊那一次，我承認我覺得一次就夠了。她卻只說：「他住在亘恩山的西邊支脈。跟隨大洪水下山到這裡來，為了捕魚。」

桂蕊能把風中翱翔的老鷹召喚下來，或是叫瀑布池裡的鱒魚躍入空中，甚至能引導蜂群到養蜂人想要牠們去的位置。有一次，她一時興起惡作劇，讓一群蚊蚋一路追著一個牧羊人跑過紅色錐石堆下方的沼塘。我們躲在錐石堆內的高處，看那可憐的傢伙揮舞雙臂，像風車打轉那樣猛拍猛打，發瘋似的逃竄。我們卻無情地笑到流淚。

當時我們年幼。

如今，我們並排躺著，凝望明燦的天空，凝望襯著天空迎風搖曳的樹枝樹葉。背部底下有暖和的岩石，上方有暖和的太陽。從這寧靜的快樂中，有個念頭潛伏著：我想告訴桂蕊的事情不只一件。剛才，我們只談了訂婚；但我與她，竟然都沒人提到我展現天賦了。

那是半個多月前的事。這段期間我都沒有與桂蕊見面。首先是因為我與父親和阿羅忙著整修牧地的界籬，接著因為得在家等候阿格到訪。關於那條蝰蛇的事，假如阿格已經聽說，那麼，桂蕊肯定也聽說了。可是今天她卻沒表示什麼，我也都沒提。

我心想，她正在等我開口。接著我又想，也許她是在等我展露我的力量，像她對小鳥吹口哨那樣，簡單又輕鬆。但我心想我做不到。瞬間，我體內所有的溫暖都流光了，寧靜也消失無蹤。我做不來。突然，我生起氣來，質問自己：為什麼我必須施展天賦？為何我必須殺害什麼、毀壞什麼、消解什麼？為何我的天賦是這樣？我不願意，我不願意那樣做！我裡面有個聲音冷然地說：哎呀，你只要解開一個結就夠了呀。讓桂蕊用一小段絲帶打個緊緊的結，然後用一個注目把它打開。任何有消解天賦的人都做得到，阿羅就可以。但是，那個憤怒的聲音卻再三重複：我不願意，我不想那樣，我不願意！

我坐起來，兩手抱頭。

桂蕊也在我身邊坐起來。她搔搔瘦腿上一處快要痊癒的疥斑，將瘦腳趾展開成扇形，前後經過一分鐘之久。雖然我沉浸在自己突然浮出的恐懼和憤怒當中，仍注意到，她應該有些什麼想說，正在凝聚勇氣把話說出來。

「我與母親去了寇迪世系。」她說。

「那麼，妳見過他了。」

「誰？」

「那個安倫。」

「噢，以前我就見過他了。」她說，完全略過這個話題：「那是一次大型的狩獵，打算獵麋鹿，希望我們把頁恩山麓的麋鹿群帶到山下的瑞尼。他們有六名十字弓射手。母親要我去，她要我幫忙召喚麋鹿。我不想召喚，但她說我必須召喚。她說，假如我不運用，人家不會相信我擁有那種天賦，我說我寧可訓練馬匹。她說，任何人都能訓練馬匹，但他們需要我們召喚麋鹿。她說，『有需要時，天賦不能有所保留。』」我只好加入那次狩獵，而且召喚了麋鹿。」桂蕊好像正看著那頭麋鹿當空朝她走來，來到我們休息交談的這個高岩。她深深嘆口氣。「麋鹿來了……那些射手總共射倒五頭：三頭小公鹿、一頭老公鹿、一頭母鹿。我們告辭時，他們贈送很多肉給我們，還有禮物。一桶蜂蜜酒、紗線還有編織品。他們送我一條漂亮的圍巾，改天拿給你看看。母親對那次狩獵很滿意。他們還送我們一把刀，也很漂亮，手把是鑲銀飾的麋鹿角。父親說，那是一把古老的作戰短劍。短劍是送給父親的，算是一個玩笑。哈努．寇迪說：『你們給的，是我們所需要的；我們給的，是你們所不需要的！』但是，父親很喜歡那把短劍。」桂蕊環抱雙膝，再一次嘆氣。雖然並非不快樂，但彷彿有什麼東西壓迫著她。

我不明白她為什麼對我講這件事。倒不是說需要什麼特別的理由。畢竟，我們一向會跟對方講述自己經歷的每件事；心裡想什麼，也全部跟對方講。她不是吹噓，她從不吹噓。但我不知道那次麋鹿狩獵對她代表什麼意義，也不知道她參與那次狩獵是否快樂，是否以此自豪。說不定，她也是搞不清楚才把它講出來，以便釐清思緒。說不定，藉由講述她的故事，她要我也說說自己的故事——我勝利的故事。但，我說不出口。

「妳召喚時——」我開口，又停住。

她等著。

「——是什麼感覺？」

「我不知道。」她不懂我的問題，我自己其實也不大懂。

「妳的天賦第一次生效時，」我試著用另一種方式問：「妳曉得它在起作用嗎？與……與不起作用的那幾次是不是有點不同？」

「唔，」她說：「是不同。」她沒再多講什麼。

我等著。

「它就是起作用了嘛。」她說：「歐睿，我的天賦與你的不同，你必須用眼睛，還有……」

她躊躇不語。我接下去說：「眼睛、手、話語、意志。」

「對。但運用『召喚天賦』時，只需要找到動物在哪兒，然後想著有關牠的種種。當然，每種動物的情形都不一樣，但只像是對外延伸接觸，或者像是大聲呼喚。與你們不同的是，多半不會用到手，也不需要講話。」

「但它作用時妳是知道的。」

「對。因為牠們就在那兒，你也知道牠們在那兒。你感覺到牠們，然後牠們會回應，或是直接走過來……有點像是……你和牠們之間有一條線，一條繩子，一條帶子，從這裡，」她摸摸自己的胸骨。「在你和牠們之間，你知道的，就像弦樂器的弦伸展著。只要碰一下，它就發出聲響。」我一定是一臉茫然，所以她搖搖頭。「很難表達耶。」

「但妳施展天賦時知道妳正在施展。」

「啊，當然了。有時候，甚至還沒召喚，我就可以感覺到那條弦，只是還沒拉緊而已——或者說，還沒調對音。」

我拱背坐著，內心絕望。我想要說說蝰蛇的事，但話語就是不來。

桂蕊說：「你殺死那條蝰蛇時是什麼情形？」

她解放了我，讓我可以打破沉默，簡簡單單。

然而我接受不了這個解放。我一開口就哭了出來。雖然只哭一下，眼淚卻令我憤怒，覺得羞恥。「其實什麼也不像。」我說。「它就只是……就只是……什麼都沒有。簡單得很。但每個人卻對它大作文章，好蠢！」

我起身走到岩架最邊緣，兩手按住膝蓋，上身往外探，俯視瀑布下方的池子。我想做點大膽、勇敢又魯莽的事。「來！」我轉身說：「跟妳比賽跑到池子那兒！」桂蕊急忙起身，快跑離開岩架，像松鼠那麼迅速。結果，贏得比賽的人是我，只是兩個膝蓋都擦破了皮。

我騎著布藍提回家，穿越陽光普照的山丘。到了家，我牽他走走，讓他平靜下來，又用毛巾擦他，再用刷子刷一刷，給他水喝，又餵飽他，留下他在自己的馬棚跟花妮隔棚對話。回屋子時，我清楚意識到自己完成了一個男人應盡的責任。父親沒說什麼。本該如此，因為我做好該做的事，他認為理所當然。晚餐後，母親講故事給我們聽。是從《先邯集》裡挑出來的，講述班卓門人的英雄事蹟，故事內容她從頭到尾都非常清楚。那晚，她講英雄邯達突襲惡魔城、被惡魔國王打敗、逃進荒原那一段。父親和我都聽得入神。在我的記憶中，那是最後一晚——是「好日子」的最後一晚呢？還是我童年的最後一晚？我不曉得是什麼東西於那個晚上結束，只知道第二天早上醒來，世界已經不一樣了。

那天快中午時，父親跟我說：「歐睿，跟我出去。」我原以為我們要一起騎馬外出，結果卻徒步一直往梣樹林走。我們走到看不見石屋，來到梣樹溪岸邊一處長草的僻靜沼澤，父親一路上都沒說話。到小溪上方的山腰時他才停步，「歐睿，施展你的天賦給我看。」他說。

我曾經說自己一向樂於服從父親，雖然往往是費力的苦差事。那是很深層的習慣，一輩子打不破。我就是單純地不曾想過違抗他，從來沒想過。凡是他要求我的，即使困難，也總是能做到；即使讓人費解，最後也變得合理、正確。而此刻，我明瞭他要求我什麼，也知道他為什麼要求。但我不願意照做。打火石和鋼片可能比鄰放置多年，相安無事。然而兩者一旦碰擊，火花隨即冒出。反抗是瞬間的事，會立即引出火花，點燃火焰。

我不發一語，面向他站著。每次他以那口氣叫我名字，我都是照那方式站立。

他指向近旁一團亂草和旋花植物。「消解它們。」這不是命令，他反而語帶鼓勵。

我沒動。只瞥一眼那團零亂的花草，就沒再仔細瞧。

他等了一會兒，歇口氣，態度有點變了，變得比較緊繃——雖然依舊沒說什麼。

「你肯做嗎？」他終於輕柔地問。

「不肯。」我說。

我們之間又陷入沉默。我聽見小溪微弱的淙淙聲，聽見梣樹林裡有一隻小鳥在歌唱，聽見家族牧場一隻牛哞哞叫。

「你能做嗎？」

「我不打算做。」

再度沉默。然後他說：「沒什麼好怕的，歐睿。」他的嗓音輕柔。我咬著脣，兩手緊握。

「我不害怕。」我說。

「你必須使用天賦，才能控制它。」凱諾說，依舊是那種會弱化我決心的柔和語氣。

「我不打算使用。」

「那麼，它可能反過來使用你。」

這可超乎我的意料了。桂蕊曾告訴我的那些，例如怎麼使用她的天賦、又會怎麼被天賦使用，她都說了些什麼？我此刻全記不起來。我困惑極了，但不願意承認。

我搖頭。

這時，他終於皺眉了。他的頭略往後仰，有如遇上了敵手。又開口時，那股柔和已完全從他的聲音消失。「你非施展你的天賦不可，歐睿。」他說：「若不對我施展，也要對別人施展。這不是你可以自由選擇的事。擁有力量，就要服效於那個力量。將來，你會成為克思世系的領主。到時候，這裡的人都要倚賴你，如同他們現在倚賴我一樣。你必須讓他們知道你足以信賴。你得藉由使用天賦，來學習使用天賦的方法。」

我搖頭。

又捱過一段難耐的沉默，他才近乎耳語地說：「你的問題在於殺戮嗎？」我不知道是不是由於我的天賦是殺戮、是毀滅我才反抗。雖然我曾經那樣想過，而且一想到那隻老鼠、那條蝰蛇，總覺得毛骨悚然，可是我就是無法清楚想通自己反抗的緣故。截至那時，我只知道我抗拒受測試、抗拒去嘗試那個可怕的力量、抗拒讓它變成我。這時，凱諾給了我一個出口，我接受了，便點點頭。

父親深深嘆口氣——那是他失望或不耐時的唯一表示——就把頭轉開。接著，他從外套口袋掏出一小段帶子。平常他總是隨身帶著幾條繩子，以備農地可能有千百種不時之需。他將那段帶子打個結，丟在我們之間的地上，沒說什麼，只是看看它，再看看我。

「我又不是小狗，還得變把戲給你看！」我猛然冒出尖銳響亮的聲音，在兩人之間留下可怕而喧囂的沉默。

「歐睿，聽我說。」他說：「你也可以這樣看。不久你就要去足莫世系了。到了那裡，假如不展現你的天賦，阿格會怎麼想？怎麼說？假如你拒絕學習使用你的天賦，來日，我們族人將求助無門。」他深深吸口氣，有那麼一瞬間，憤怒讓他語帶顫抖：「你以為我喜歡殺害老鼠嗎？我難道是犬嗎？」他望向別處，沒繼續講下去。良久後他才說：「想一想你的責任，想一想我們的責任。想一想，想通後來找我。」

他彎腰撿起那段帶子，用手指打開繩結，放回口袋，然後蹣跚地上坡，往梣樹林的方向走去。

此刻回憶這件事，想到父親是如何珍惜那一小段繩子——繩子得來不易，他絕不浪費。

追憶此事，恐怕我又要哭了。但是，相較於那天從溪岸沿溪谷下山時因羞恥和憤怒而流的眼淚，如今的眼淚已大不相同。

第八章

那次以後，父親和我之間沒半件事情與從前一樣了。如今我們之間橫著他的要求以及我的拒斥。但他對待我的態度沒有改變。隨後的幾天，他並沒有重提那件事。等他重提，也不是要求，反而像若無其事問起來。那是在某個下午，我們從東陲騎馬回家的路上。「現在，準備好試試你的力量了嗎？」

然而，我的決心業已增長，有如在周圍砌起一道牆、一座石塔，把他的要求、提問以及我自己的提問都阻擋在外。所以我立刻回答：「沒有。」

這直截了當的否定想必使他猝不及防。他沒有任何回應。回家的路上，他不發一語。那天其餘的時間也是一樣。他看起來既疲倦又嚴峻。母親看在眼裡，多半猜到了原因。

第二天上午，她藉口要我試穿她正為我縫製的外套，叫我隨她去她房間。她讓我站好，兩臂伸展，像個稻草人，然後在我身邊跪下來，拉掉粗縫線，並標出釦眼的位置。她嘴裡含著大頭針，說：「你父親很擔心。」

我沉著臉，沒說什麼。

她拿出含在嘴巴的大頭針，就著腳後跟跪坐在地。「他說，他不知道阿格領主上次的舉動是為了什麼。先是自己來訪，還邀我們回訪，又丟下有關他孫女的暗示……等等。他說，足莫世系和克思世系之間從來沒有友誼。我就說：『噯，遲到總比不到好。』可是他卻搖頭。那件事讓他不安。」

這可不是我預期的話題，但到底將我拉出了自我耽溺之中。我一時不曉得如何接口，只能努力尋找明智、安慰的話。「說不定是因為我們現在成了鄰居。」這是我當時能找到的最佳回應。

「我猜想，那正是他擔心的事。」湄立說著，又把一枚大頭針含在嘴巴，另一枚就別在外套的褶邊上。這件外套是一件男人的外套，黑色毛氈料製作。我生平的第一件男人外套。

「所以呢，」她從嘴巴拿下那枚大頭針，又坐回腳後跟，打量著外套是否合身。「等這次拜訪結束，我會很高興！」

我覺得罪惡感壓得我好沉重，黑外套有如鉛製。

「母親，」我說：「父親希望我施展天賦——也就是消解。但我不想做，結果惹他生氣了。」

「我曉得。」她繼續調整外套，卻突然停手，抬頭看著我——因為她跪著，我站著。

「那是我沒辦法幫你們兩個的地方。你了解對不對？歐睿？那件事我不明瞭，所以沒辦法插手，也沒辦法站到你和你父親中間。我看你們兩人都不快樂，實在很為難。我所能告訴你的只有：那件事是為了你好，也為了我們大家好，所以他才要求你。假如那是錯的，他不會要求你。這你是知道的。」

當然，她必須為父親說話，站他那邊。那是對的，而且公正，但同時也不公平——對我不公平。因為，所有力量竟然都在他那一邊。所有正當性、所有理由，甚至連母親也必須和他站同一邊，只留下我孤伶伶——一個愚笨、頑固的男孩，無法運用我的力量，無法宣告我的權利，也無法表明我的理由。由於我知道那是不公平的，所以連嘗試把它講出來都不想。我抽離了，進入我憤怒的恥辱中，進入我的石塔，佇立在裡面，啞口無言。

「歐睿，你是因為不希望傷害生物才不想使用你的力量嗎？」她怯怯地問道。在這個她所知不多的怪天賦面前，連對我，她都要畏怯、謙讓。

但我不願回答她的問題，所以沒點頭、沒聳肩也沒講話。她望進我的臉，又把視線調回手上的活兒，默默結束工作。她把完成一半的外套從我肩上脫下，擁抱我一下，親吻我的臉頰，然後讓我離開。

那之後，凱諾問過我兩次是否願意試試我的天賦。兩次我都沉默地拒絕。第三次，他不再問了，只說：「歐睿，你非得聽我的話不可了。」

我靜立無言。當時我們離屋子不遠，但是周圍沒有別人。他不曾在第三者面前測試我或羞辱我。

「告訴我你害怕什麼。」

我靜立無言。

他面對著我，站得很近，雙目炯炯。聲音裡有那麼多痛苦和激動，彷彿鞭子抽打在我身上。「你是害怕你的力量，或是害怕你沒有力量？」

我屏氣大喊：「我不是害怕！」

「那就運用你的天賦！現在就用！攻擊什麼都好！」他猛地伸出右手，左手緊握，垂在身側。

「不要！」我渾身顫抖，兩手在胸前緊握，因為承受不了他雙眼射出的火焰，我壓低了頭不敢抬起。

我聽見他轉身走開，聽見他的腳步順著小徑踏入我們家的院落。我沒有抬頭，只是站在原地。四月的陽光裡，有一小叢剛剛抽芽長葉的金雀花，我對著它注視又注視，心裡想著它變焦黑、凋萎、死掉的模樣。但是，我沒有舉左手，沒有使用聲音或意志，只是注視。但注視後所見的它綠意依舊，生機依舊，不為所動。

那次之後，父親沒再要求我運用天賦。生活裡，每件事如常運轉，他照常對我說話。他的臉上沒有微笑，更別提大笑。我無法望進他的臉。

情況容許時，我跑去找桂蕊。我騎花妮，因為不想問父親我能不能騎那匹小紅馬。樂得家的一隻母獵犬生了好大一窩小狗，總共十四隻，早已過了斷奶期，但仍然非常好玩、非常憨獃，我們花很多時間跟他們玩。特諾經過時停下來觀看，我正與其中一隻玩得起勁。「喏，把這小狗帶回家，」他說：「我們肯定不需要那麼多隻。而且之前曾聽凱諾說過，他可能需要一、兩隻獵犬。我敢說這隻一定很適合。」而他的確是全部小狗中最漂亮的一隻，純黑與棕褐交雜。我高興極了。

「帶大個兒回去，」桂蕊說：「他聰明得多。」

「但我喜歡這隻，他老是親我。」那隻小狗還以熱烈親吻，徹徹底底把我的臉洗個夠。

「小親。」桂蕊冷冷地說。

「不對，他不是小親！他叫做……」我想取一個英雄式的大名，想到了：「他叫做邯達。」

桂蕊面露難色，但她從不與人爭。於是，我把那隻黑褐雙色的長腿狗崽裝進籃子，放到馬鞍上載回家。之後短短的一陣子，他成了我的玩伴和安慰。然而，我真應該聽桂蕊的意見才是，因為她對自家的狗兒當然比誰都清楚。邯達個性遲鈍，又容易受外界的動靜刺激。與任何一隻小狗一樣，他不但隨地灑尿，而且有本事把所有地方都弄髒，所以，他很快就被禁止進屋。他會鑽到馬匹的四條腿之間，讓自己受傷。他害死了馬廄的捕鼠貓和她的小貓。他咬了園丁和廚子的小男孩。而且他時而吠叫、時而哀鳴，毫無意義、日夜不停，把每個人都激惱了。我們把他關起來以免闖禍，結果他吵鬧得更厲害。他完全沒有能力學習做任何事，也沒有能力學習不做任何事。半個月後，我已經被他煩死了，真心希望能夠擺脫他，卻羞於承認——連對自己都羞於承認。對這隻沒頭沒腦的可憐小狗，我實在談不上忠誠。

一天早晨，阿羅與我隨父親騎馬去高牧場，查看有沒有春小牛出生。依照往常，父親騎慢灰，但他叫阿羅騎花妮，叫我騎小雄馬。我對這個特權有點懷疑。只是，那天早上布藍提脾氣不佳，所以他甩頭，屏息而待，踢腿，又試圖咬人，我要上馬時他偏偏弓背躍起，還打橫走、倒退，用各種法子為難我。就在我以為終於制服他時，邯達不知從何處突然冒出來，直奔向小雄馬，狂吠不已，被扯斷的狗鏈四處亂掃。我喝斥邯達時，布藍提竟揚起後臀，想將我摔下馬背。一陣慌亂中，我勉力讓自己不跌下馬，重新坐定，同時抓好這匹受驚馬兒的韁繩。等布藍提終於站定，我四下尋找邯達的蹤影，卻只見庭院的行道上一團黑褐色的東西。

「怎麼了？」我問。

父親在他的座騎上看著我：「你不知道？」

我瞪著邯達。心想，八成是布藍提踩著他了。但地上沒有血，而且他變得無骨無形：原本一隻黑褐雙色的長腿小狗，現在卻像一團鬆垮垮的繩子般癱在地上。我縱身下馬，但沒有勇氣更靠近行道上那團東西。

我抬頭盯著父親，大喊：「你有必要殺他嗎？」

「是我殺的嗎？」凱諾說話的聲音讓我整個人一涼。

「呃，歐睿，是你殺的。」阿羅說著，將花妮騎靠近一點。「確定無誤。你伸出手，想保護馬兒不被笨狗弄傷！」

「不是我！」我說：「我——我沒有殺他！」

「有殺他還是沒有殺他，你真的知道嗎？」凱諾說，聽起來幾乎像是嘲弄。

「就跟你上回殺死那條蝰蛇一樣，確定無誤。」阿羅說：「一隻快眼！」但他的聲音裡有一點不安或不開心。屋裡屋外的人聽見這片混亂，都跑來院子張望。在場的三匹馬煩躁起來，想遠離那隻死狗。我緊握住布藍提的韁繩，他在顫抖發汗，我也一樣。

突然，我轉頭嘔吐，但沒有放掉韁繩。等我擦了嘴，穩定了呼吸，把布藍提牽向登馬石，躍上馬鞍。我幾乎說不出話，但還是說：「我們要出發了嗎？」

於是，我們騎馬爬上高牧場，一路沉默無語。

那天傍晚，詢問了家人小狗的埋葬處之後，我走到堆肥再過去一點的地方，站在那兒。其實我不太可能為可憐的邯達難過到哪裡去，內心卻有極深的悲傷。

向晚時分，我回程返家。途中在小路上遇到父親。

「歐睿，我為你的小狗難過。」他的聲音鄭重而平靜。

我點頭。

「告訴我：你有意毀滅他嗎？」

「沒有。」我說，但其實不全然確定，因為對我而言，再也沒有什麼是清楚又確定的了。我曾經為小狗的白痴行徑、為他驚嚇了小種馬而討厭他，但我不曾想要殺掉他呀，或者，我有嗎？

「但你確實有意。」

「不過不是故意的？」

「當時你不曉得自己正在運用天賦？」

「不曉得！」

他轉身，與我一起默默走向石屋。春天的暮色涼爽舒適，黃昏的星星掛在西天的新月附近。

「我像卡達嗎？」我小聲問。

他過了好長一段時間才回答。「你必須試著學習運用天賦，學著掌控它。」他說。

「但我就是不行啊，父親！每次我試著運用，都沒任何動靜。我試了又試——反而只有在我不試時才有動靜。比如蝰蛇那次，比如今天這次。但我好像什麼也沒做，它就自己發生了。」

一口氣吐出這些話，我防護塔的石塊嘩啦嘩啦掉落在四周。

凱諾沒回答，只發出一個像是內疚自責的微弱聲音。他伸手輕輕搭在我肩上，我們就這樣走著。走到大門時，他說：「有一種所謂的『野天賦』。」

「野？」

「就是不受意志控制的天賦。」

「它危險嗎？」

父親點頭。

「那它……有什麼用？」

「先別急。」他說著，手又在我肩上停了一會兒。「要有勇氣，歐睿。我們會一起想出必須怎麼做。」

知道父親沒生我的氣，不但讓我鬆了一口氣，也解放了內在那股針對他的強烈抗拒。不過，他剛剛說的話還是非常嚇人，我那天晚上依然沒有感覺多少安慰。第二天早晨，他喚我與他一同外出，我立刻準備好。只要有我能做的，我都願意做。

那天上午，他沉默嚴厲。我心想一定跟我有關。可是，我們向梣樹溪溪谷走去時，他說：「多瑞今天一大早來報告，兩頭小白牛不見了。」

那些小白牛原本是樂得世系的家畜，漂亮的三隻動物，凱諾用我們與樂得相鄰的一大塊好林地換來的，因為凱諾希望在克思世系重新繁衍那種牛群。過去一個月來，三頭小牛放牧在我們領地南陲的肥沃牧草地，就在靠近羊群吃草的地方。負責看管他們的女農奴和她兒子住在不遠處一間小木屋裡，同時也看顧自己的五、六頭奶牛。

「他們找到圍籬破口了嗎？」我問。

父親搖頭。

撇開慢灰、花妮、布藍提，以及土地本身，那三頭小白牛是我們最有價值的財產。失去其中兩頭，嚴重打擊了凱諾的未來希望。

「我們要去找他們嗎？」

他點頭。「就是今天。」

「他們有可能爬到高崖去了——」

「他們不可能獨自上高崖。」他說。

「你認為……」我沒繼續往下說。假如小白牛是被偷走，有嫌疑的竊賊可多了。在我們領地南陲的那個部分，最可能的偷牛賊就是足莫或他們世系的人。不過，臆測偷牛賊是件危險的事。輕率無心的話向來是致命世仇的起因，那種無心之語根本連指控都算不上。雖然當時現場只有父親與我兩人，但碰到這種事，謹慎的習慣畢竟夠強大，所以我們都沒再說什麼。

我們來到了幾天前逗留的相同地點，也就是我生平第一次違抗父親的地方。他只說：「你願意——」就住口了。這個問句是藉由對我投來幾乎懇求的目光才完成。我點頭了。

我四下環顧。這片有草有石的山腰，緩坡向上延伸，隱沒在更高的斜坡之下。山路近旁，有一株小楞樹找到了立足處，正奮力獨自成長著，看起來雖然單薄矮小，卻勇敢地綻露芽葉。我調開視線。前方山路旁有個蟻丘，雖然還是清晨，那些紅黑色的大螞蟻已在蟻丘頂的開口進進出出，排成一排排隊伍，快速地忙著自己的工作。那是個大蟻丘，光禿禿的泥土堆了有一英尺高。我以前見過這種昆蟲城市的廢墟，可以想像地底下的隧道，有繁複的迴廊和通道，還有陰暗的建築。就在那個瞬間，我沒給自己思考時間，直接伸出左手，注視那個蟻丘，嘴脣噴氣，發出尖銳的聲音，集中全部意志消解它、去除它、摧毀它。

然而，我看見了陽光下的青草，那株矮楞樹，光禿禿的棕色蟻丘，紅黑色螞蟻在窄口忙進忙出，隊伍零零星星穿過青草，越過山路。

父親站在我身後，我沒有轉身，但聽見他的沉默，無法消受的沉默。

一陣挫折感襲來，我緊閉雙眼，盼望可以永遠不要再見到這個地方，不要再見到這些螞蟻、這些青草、這條山路、這片陽光——

睜開雙眼時，我又看見青草捲曲變黑，螞蟻皺縮、消失，蟻丘崩解為塵沙凹洞。向上延伸的整片山腰地面彷彿在我面前扭曲沸騰，發出裂開的喀喀聲。立在我前方的某個東西顫抖、扭曲、變黑，而我的左手依然指著前方。我收回那隻手，雙手掩面。「停止！停止！」我大喊。

父親兩手擱在我的雙肩，他抱住我。「喏，」他說：「喏，成了，歐睿，成了。」我感覺到他身子在抖，和我一樣，而且呼吸短促。

等我把遮住視線的雙手挪開，立刻扭過頭，被所見的景象嚇壞了。我們面前的半片山坡宛如被火旋風掃過，凋弊壞死，了無生機的地面一大堆碎石。那株梣樹變成一根裂開的黑禿幹。我轉身將臉孔藏在父親胸前。「我把那當作是你，我想像你站在前方那兒！」

「你說什麼，兒子？」他非常溫和，兩手依然擁著我，有如安撫一匹受驚的小馬，他輕聲對我說話。

「我本來可能殺了你！但我不是……我不是有意的！我沒有真的動手！我這麼做了，但不是有意的！我該怎麼辦？」

「聽著，聽著，歐睿。別怕。我不會再要求你──」

「但沒有用啊！我沒辦法控制它！我想施展時無法施展，我不想施展時卻反而成了！我不敢看你了！我不敢看任何東西了！要是我──要是我──」但我無法繼續說下去。畏懼和絕望讓我癱軟在地。

凱諾在我身旁的山路坐下，讓我自己平復情緒。

終於，我坐起來，「我就像卡達。」我說。

這話是陳述，也是提問。

「也許，」父親說：「也許像卡達小時候，而不是他後來殺死妻子那時候。那時候他氣瘋了。但在幼年時代，他的天賦是野的，不受他掌控。」

我說：「他的家人蒙住他眼睛，直到他學會怎麼控制。你也可以蒙住我的眼睛。」

我說完後，自己都覺得那似乎太過瘋狂，真希望我沒講。但，我抬頭注視面前的山坡，一大片死草和凋斃的樹叢，塵土與碎石，一個醜陋的廢墟。原本在那兒活生生的東西，現在都死了。原本在那兒，所有雅緻的、協調的、繁複的事物形態全被摧毀。那株梣樹成了沒有分枝的醜陋殘幹，那是我在不自覺之下造成的結果。我無意這樣做，但還是做了。當時我很生氣……

我再次閉上雙眼。「那樣比較好。」我說。

也許，我說這話時心中仍存著幾絲希望，冀盼父親會有不一樣的、比較完善的計畫。可是，過了好半晌，他才低聲開口，彷彿為自己沒有更高明的對策而抱愧。「或許，就蒙眼一段時間吧。」

第九章

要做的事已經講了出來，但我們兩人卻都沒有準備好要實行，甚至，連想都還沒有想過。當前，有兩頭走失或被偷的小白牛要先處理。我當然想同父親一道騎馬去尋找，而他也希望我如此。所以我們返回石屋，上了馬，還帶上阿羅和另外幾個年輕人。棼樹溪旁發生的事則隻字未提。

那漫長的一整天，我不時留神看綠色谷地，看溪河旁的柳樹，看綻放的石南花，看某種早開的黃花，也掃視藍色棕色交錯的大山坡，看看有沒有小白牛的蹤影。然而，看的同時，我也害怕看這個動作，害怕盯得過緊，導致青草變黑，樹木在無形的火焰中凋萎。因此，我或轉頭或低頭，左手緊貼身側，或許稍稍閉眼，努力什麼都不想，什麼都不看。

累了一整天，結果一事無成。受託守護小白牛的那個老婦因太過恐懼凱諾的怒火，沒能說清楚半件事。她兒子本來應該在靠近足莫領地的那片牧地看守小牛，卻上山去獵野兔。我們察看界籬，沒發現小牛可能穿越的破口。不過，那界籬只是在舊石牆上打進木樁，竊賊很容易拉出木樁再放回去，行跡不致敗露。或者呢，可能年幼愛冒險的小牛自己往上遊走到峽谷，就在東崖那邊的坑窪安安靜靜地吃草。假如是那樣，留下來單單一頭小牛又太過奇怪，因為牛喜歡隨群。如今，那頭被留下的漂亮小牛關在穀倉旁，不時悲傷地哞叫呼喚她的朋友。

阿羅和他表兄多瑞，加上老婦的兒子一同往高坡搜尋。父親與我則騎馬繞路回家，打算查看我們與足莫世系毗鄰的邊界。我們一路張大眼睛，留意有沒有牛影。每逢騎到比較高的地方，我都會極目往西尋找小牛，一邊想著，假如雙眼不能像這樣子看，那會是什麼情形。不能看，也就是無論我怎麼看都只能見到一片黑，那麼我這個人還有什麼用處？不但不能協助父親，還成為他的負擔。這個想法很教人難受。

我開始想到那些我不能看時就無法做的事，又從那兒想到無法看見的各樣東西，一個一個想：這片山坡、那棵樹、頁恩山圓圓灰灰的山峰、山上的浮雲；騎馬從峽谷下山回家時沐浴在暮色微光中的石屋；一扇窗子透出的暗淡黃光；花妮在我前方輕輕抽動的馬耳；布藍提黑亮的眼睛在紅色的額毛下閃動；母親的面容；她頸上那條掛在銀鏈上的小顆貓眼石。我一個一個看著、一個一個想著，每次都湧起尖銳的刺痛。那些小小的疼痛儘管沒有盡頭，如果與必須不看任何東西、必須看著空無、必須眼盲時的巨大痛苦相比，恐怕還是比較容易忍受。

我們兩人到家時都疲累極了，因此我以為，至少又會是一個繼續什麼都不說的晚上，凱諾會把事情延到明天早晨。（假如我不能看望群山之上的晨光，早晨還有什麼意義呢？）沒想到，我們在疲倦與沉默中用完晚餐後，父親對母親說我們必須談談。

所以，我們上樓去她的石室，那裡面燃著火。那日白天晴朗卻涼爽，吹著四月風，到了晚上即變得寒冷。火的暖意照在我腿上和臉上，非常舒服。我心想，等到不能看見這火光時，就只能用感覺了。

父親和母親談論兩頭遺失的小牛，我則凝視搖曳的火舌，疲倦帶來的那份沉靜原本籠罩著我，但一下子就溜走了。因為所遭逢的不公，我的心一點一點充溢巨大的憤怒。我不想承受，我不想忍耐。我不想因為父親怕我就得成為蒙眼瞎子。火舌纏捲一根乾柴，燃起火花和劈啪聲。我吸口氣，轉向他們，轉向他。

他坐那張木椅，母親坐那張她喜歡的擱腳凳，就在父親身旁，她一隻手放在他手上，他的手則在他自己膝上。他們的臉在火光映照下雖然有些陰影，但柔和而神祕。我看見我的左手舉了起來，顫抖著對準他。我看見溪流上方山坡那株栲樹凋萎了，樹枝變黑了，於是我雙手遮掩雙眼，壓得死緊，才看不到。我看不到任何東西，只看見眼睛被緊壓時所見的模糊黑影。

「怎麼了，歐睿？」是母親的聲音。

「父親，告訴她！」

父親吞吞吐吐又佶屈聱牙，開始將發生的事告訴母親。他沒有按順序講，也沒有講得很清楚。我對他的口拙漸漸不耐煩起來。「說小狗邯達發生了什麼事，告訴她梣樹溪旁發生了什麼事！」我命令道。可怕的憤怒再度席捲我，我於是將按著雙眼的雙手壓得更緊些。他為什麼就不能坦白講出重點？他把事情弄混了，然後又試圖從頭說，好像依然說不到關鍵點——說不到那些事情引致什麼結果。母親幾乎沒開口，只努力想弄明白其中的混亂和挫折。「這個野天賦——？」她終於問了，聽凱諾又支吾起來，我忍不住插嘴：「這件事的意思是，我有消解的天賦，卻沒有絲毫控制它的力量。我想運用它時無法用，我不想運用它時卻又用了。假如我現在看你們，有可能把你們都殺掉。」

先是一陣沉默，然後，她既抗拒又憤慨地說：「但肯定——」

「不，」父親說：「歐睿說得沒錯。」

「但你從他嬰兒時期起就一直訓練他、教導他，前後好幾年了！」

她的反駁只是加劇了我的痛苦和憤怒。「那些訓練沒有任何用處。」我說：「我就像那隻小狗，無法學習，一無用處——而且危險。所以，最好的解決辦法是把他殺了。」

「歐睿！」

「問題不在歐睿，而在於力量本身。」凱諾說：「問題是他的力量，他的天賦。歐睿無法使用它，因此它可能反過來使用歐睿。誠如他所言，那是危險的——對他、對我們、對每個人都危險。未來有一天，他將學會掌控它。那是個了不起的天賦，現今他還年幼，有一天……可是目前必須先拿掉那個天賦。」

「怎麼拿？」母親的聲音猶如絲線。

「蒙眼。」

「蒙眼！」

「遮蓋住眼睛就沒有力量。」

「蒙眼——你是說，當他到了屋子外面，當他與別人相處——」

「對。」凱諾說。我也說：「對，時時刻刻都蒙住雙眼。直到我知道我不至傷害某人，或殺了人卻不曉得自己正在殺人——直到他們死去，像一袋肉那樣癱著，我才曉得。我不會再那樣做了，永遠不會，永遠。」我坐在壁爐邊，雙手按壓住雙眼，弓著背，置身在那片黑暗中，覺得噁心——噁心又頭昏。「現在就把我的雙眼蒙起來，」我說：「現在就動手。」

我不記得湄立是否曾抗議，而凱諾是否曾進一步堅持。我只記得自己深刻的痛苦，以及最後的解脫：父親走向我弓背坐著的壁爐邊，輕輕將我的手從臉上拿下，用一塊布蒙住我眼睛，在後腦杓綁緊。他還沒綁之前，我看見了：那塊布是黑色的。火光，以及父親手中那塊黑色布條，就是我最後所見。

然後，我擁有了黑暗。

我感覺到未見之爐火的溫暖，如同我之前想像的那樣。母親靜靜哭泣，努力不讓我聽見她的哭聲，但瞎子都有敏銳的耳朵。我自己完全沒有想啜泣的欲望，大概之前已經流夠了。我十分疲倦，他們說話的聲音窸窸窣窣，爐火輕聲劈啪。我透過溫暖的黑暗，聽見母親說：「他快睡著了。」

的確。

父親一定是像抱小小孩那樣將我抱到我的睡床。

我醒來時是暗的，所以我坐起來，想從窗戶看看山坡有無黎明已臨的跡象，但我看不見窗戶，不禁心想是否烏雲太厚重，遮蔽了星星。這時，我聽見小鳥唱起了日出之歌，我抬起雙手，摸到了蒙眼布。

讓自己變瞎還真是怪事一樁。我曾經問凱諾意志是什麼、支使意志去做某事是什麼意思。如今我懂它的意思了。

想要作弊，想要看上一眼，一眼，只要一眼就好——那種誘惑當然是沒完沒了的。如今每個步伐、每個動作都變得極為困難，但複雜與笨拙卻可能變成輕鬆自然——十分輕鬆自然，只要拿下蒙眼布即可，只要一下，只要打開一眼，偷看一下……

我自己可沒有拿下蒙眼布。不過，它曾經滑掉幾次，在我還沒能闔眼之前，我的眼睛因為這世界的亮光而眼花。後來，我們懂得先用軟貼片覆蓋眼皮，接著才用蒙眼布綁住我的頭，那樣就不必綁得死緊，目光不致於造成威脅。

我的感覺是：安全。學習當瞎子是怪事一樁沒錯，而且困難，但我堅持不懈。對看不見的無助感和沮喪感越沒有耐心，越是忿忿抗拒蒙眼，我就越害怕把蒙眼布拿下來。因為蒙眼布，我無須害怕摧毀我無意摧毀的東西。只要我縛著它，就不可能殺害我所愛的事物。我仍記得我的憂懼和憤怒做了些什麼，我仍記得我以為毀滅了父親的那一刻。假如我無法學會使用我的力量，倒可以學習怎麼不使用它。

我決意如此，因為只有這樣，我的意志才起作用；只有在那樣的束縛中，我才有自由可言。

當瞎子的第一天，我摸索著走到石屋的入口，兩手沿著牆觸摸，直到找到盲眼卡達的手杖。我已經好幾年沒注意過它了，小時候由於大人說不准碰它而故意去碰，那個遊戲是半輩子之前的事。但我仍記得它在哪裡，而且我知道現在我有權力碰它了。

手杖比我高很多，而且重得要命。但我喜歡手握之處那種磨得平滑的感覺，雖然位置比我自然握著它的部位稍高一點。我將它舉起來、伸出去，劃過地面，敲敲牆壁。然後，我以它為引導，穿過門廳回房。在屋子裡我比較能用雙手摸索方向，在戶外的話，手杖給予我某種安全感。它成了一種武器，要是受威脅，我可以用它還擊，直截了當的一擊，單純的報復及防衛，不像天賦的力量那麼駭人。由於看不見，我始終覺得脆弱，因為我知道任何人都可能愚弄我或傷害我，手中有根沉重的棍棒稍可彌補這種劣勢。

母親一向是我的安慰，但蒙眼之初，母親卻不是我的安慰。我反而轉向父親尋求明確的肯定與支持。母親沒辦法肯定、也無法相信我正在做的事是正確而必要的。對她而言，蒙眼是個荒謬的舉動，融合荒謬、非自然的力量或信念。「你和我在一起時可以把蒙眼布拿下來，歐睿。」她說。

「母親，我不能。」

「這害怕是沒道理的，歐睿，這太愚蠢了。我知道你永遠不可能傷害我。假如非蒙眼不可，到外面時再蒙吧，跟我在屋子裡時不用蒙眼。兒子，我想看你的眼睛。」

「母親，我不能。」我所能說的只有這樣。我必須一說再說，因為她會哄我、勸我。她沒看到邯達的死亡，也從沒去沿著椤樹溪瞧瞧那片恐怖、枯萎的山坡。我曾想過請她去那兒看看，但沒辦法。她的論理我不予回應。到最後，她的話語裡便充滿貨真價實的苦澀。「歐睿，這是無知的迷信。」她說：「我為你難為了嗎？我還以為我把你教得不錯。假如你內心有惡，你認為用一塊布蒙住眼睛，就可以讓你免於作惡嗎？而假如你心中有善，這樣子要怎麼行善？『你想用一整牆的綠草阻擋風吹；還是想動動嘴巴說，就叫浪潮停留？』」她絕望之餘，重拾了班卓門的禮拜儀式，那是她小時候在她父親家學的。

看我依然故我地堅守，她於是說：「那麼，我要不要把那本為你製作的書燒了？現在，它對你已經沒有用處了。你不想要它了。你閉上你的雙眼——你關閉了你的心。」這話激得我喊叫出來：「母親，這不是永遠的！」我不喜歡談論或思考眼盲的期限，或是哪天可能重見光明：我不敢想像，因為我無法想像什麼情況才容許我重新看見，而且我也害怕懷抱錯誤的希望。但母親的威脅，以及她的痛苦，使我不得不想、不得不談。

「那麼，要蒙多久？」

「我不知道，等我學會——」但我不曉得接著該說什麼才對。我要怎麼學會運用一個我無法運用的天賦？我不是一輩子都在嘗試嗎？

「你父親能教你的你已經全部學了，」她說：「只怕學得太好了。」她站起來，不發一語走開。我聽見她把披肩甩上肩頭的輕微聲響，也聽見她的腳步聲離開門廳。

她不是那種性情執拗、可以長久含怒的人。那天晚上我們互道晚安時，她小聲對我說話，我可以聽出她聲音裡那甜美悲傷的微笑：「親愛的兒子，我不會燒了你的書，或你的蒙眼布。」從那之後，她既不論理，也不再抗議了，而是把我的瞎眼當作事實，盡她所能協助我。

我發現，當瞎子最好的辦法，是盡可能以彷彿看得見的方式行動。不是躡手躡腳摸索四周，而是大步跨出去，如果遇到牆壁，就讓我的臉去碰牆；要是跌倒，那就跌倒。我研究出屋裡和院子的路徑，牢記於心，自由運用，盡可能經常外出。我為花妮掛上馬鞍和轡繩——她對我的笨手笨腳很有耐心，如同我五歲時對我的耐心——然後上馬，由她帶我去她認為最好的地方。一旦坐上馬鞍，走出馬廄牆壁間反響的回音，就再也沒有東西可以指引我。我可能在山坡上、可能在高山上、可能在月球上。但花妮知道我們身在何處，也知道我不是以往那個魯莽、無所畏懼的騎士。她照顧我，並帶我回家。

「我想去樂得世系。」蒙眼半多個月之後，我有一天說：「我想請桂蕊送我一隻狗。」我得下足決心才說得出這話，因為可憐的邯達、還有我對他做出的恐怖事件，在我心中有如烙印。不過，前一個晚上我突然想到，有一隻狗來協助我這個瞎子應該是不錯的主意。而且，我好想跟桂蕊講講話。

「一隻狗。」凱諾吃了一驚。但湄立馬上理解，並說：「好主意。我騎馬——」

我知道她差點說出口的是，她願意為我跑腿，騎馬去樂得（雖然她不是善騎的女人，而且連面對花妮也依然膽怯）。結果她說：「我騎馬陪你一起去——你覺得如何？」

「我們可以明天就去嗎？」

「稍微延後一點吧。」凱諾說：「我們差不多該準備妥當，好去拜訪足莫世系了。」

那麼多事降臨在我身上，我完全忘了阿格領主和他的邀請。真是個令人不愉快的提醒。

「我現在沒辦法去！」我說。

「你可以。」父親說。

「為什麼他應該去？為什麼我們應該去？」母親問道。

「關於禍福的風險，我之前說過了。」凱諾語氣嚴厲。「這次拜訪，假如不是為了彰顯友誼，至少是一個休戰的機會。而且他們說不定打算跟我們世系結親。」

「但現在足莫不會想讓他孫女與歐睿訂婚了呀。」

「他不想嗎？就在他知道了歐睿能夠以一個注目致死時，他會不想嗎？就在他知道了歐睿的天賦如此強大，甚至必須蒙起雙眼才能讓敵人免於一死，他會不想嗎？啊，他會喜孜孜地來請求，他會喜孜孜地接受我們作主所給的東西！你們看不出來嗎？」

父親的聲音裡有種刺耳又強烈的勝利感，是我從未聽過的。我受到莫名的驚嚇，那語調把我喚醒。

第一次，我明白了，蒙眼不只讓我變得容易受傷，也讓我變成了一種威脅。我的力量那麼巨大，巨大到不該施展，不得不加以抑制。倘若，我打開那一對蒙住的眼睛……那麼，我本身，如同卡達的手杖，就是一個武器了。

此外，那一刻我還明白了，自從我蒙眼之後，我們世系和領地內很多族人對待我的方式和表現，不再像從前那種自在的同族情誼，而是轉變成不自在的尊敬。每當我靠近，他們就住口不語，而且躡手躡腳走過，彷彿不希望我聽見他們在那兒。我原以為他們是因為我瞎了而閃避我、輕視我。我從沒想過他們其實是害怕我，因為他們清楚我變瞎的原因。

如同我稍後會聽說的，確實，口耳相傳之間，相關的故事擴大了，把我說成十八般武藝樣樣厲害的人：我殺死一大群野豬，那群野豬都像氣囊一樣爆開；我只不過雙眼掃過山丘，就把克思世系領地內的毒蛇都清除；我注視老尤伯的農舍，結果，老人當晚癱瘓，並失去說話能力——而那並不是要給他什麼懲罰，只是「野天賦」沒來由的發威；還有，我出去尋找小白牛那次，一見到白牛的當下，就把他們毀滅了——根本有違我自己的意志。因此，由於害怕這隨機的恐怖力量，我就把自己弄瞎了。另個一版本是說凱諾把我弄瞎。還有別人說，不，只是用蒙眼布蓋住雙眼而已。假如有人不信這些故事，說故事的人就把對方帶去看梣樹溪上方那片遭到破壞的山坡、那株死樹，以及荒地上的田鼠、錢鼠、老鼠碎骨，還有巨礫和石頭被震破的碎塊。

我還沒聽說這些故事前就已經體悟，我擁有了一種新的力量，它不在於行動，而是在話語——口耳相傳的名聲。

「我們要去足莫世系。」父親說：「是時候了，就說定後天。要是我們早點啟程，大概傍晚就能抵達。湄立，穿那襲紅袍。我要足莫看看他送給我的禮物。」

「噢，天啊，」母親說：「我們必須在那裡住幾天？」

「五、六天吧，我想。」

「噢，天啊，天啊。我能帶什麼東西送給領主夫人呢？我總得為她準備什麼贈禮才好。」

「不需要。」

「需要。」母親說。

「那麼，從廚房找一籃什麼好了。」

「啐，」母親說：「每年這個時節根本什麼都沒有。」

「一籃小雞吧。」我提議。那天早上，母親帶我去家禽場，讓我處理一窩新孵出的小雞。我把他們放進手中，感覺癢癢的，很溫暖，他們吱吱叫著，毛茸茸，彷彿毫無重量。

「就這麼辦。」她說。

兩天後，我們很早動身。母親帶了滿滿一籃吱吱叫的小雞放在馬鞍的前鞍橋上。我穿著新製的男短裙和外套——我的男人外套。

因為我必須騎花妮，母親只好騎慢灰——他是一匹可以充分信賴的馬，只是高度和體型還是讓母親畏懼。父親騎那匹小雄馬。過去那段時間，他將布藍提的訓練任務大半交給我和阿羅，但是，只要你看他騎布藍提的模樣，就知道他和小雄馬真是天造地設的一對，瀟灑、剛健、得意、率勁。真希望那天早上能看見他，我渴望看見他。然而，我只能坐在花妮背上，由她帶我前行，走進那片黑暗。

第十章

整天騎馬，經過鄉野，卻什麼都看不見，感覺實在奇怪又乏味。我頂多只察覺到馬蹄踩在軟泥或石地上的聲音、馬鞍碰撞，以及馬匹汗味與花朵香氣，還有拂面的微風，一邊猜著花妮腳下的路是什麼模樣。由於無法預先準備好迎接變化、絆腳、搖動和停步，我在馬鞍上一直處於緊張狀態，而且還得時時不顧丟臉地握牢鞍橋，好穩住自己。

我們多數時候必須成一列前進，所以沒怎麼交談。只偶爾暫停一下，讓母親給小雞喝水。中午時，我們停下休息，吃午餐，也給馬兒飲水。母親往雞籃撒些食物，小雞吱吱喳喳，很有活力地搶食。我問說我們在哪兒，父親回答，到「黑峭壁」下方了，在寇迪世系的領地內。我沒辦法想像這個地方，因為不曾去過位在克思世系這麼遠的西邊。我們很快繼續上路，對我而言，那個下午也是一場單調漫長的黑暗之夢。

「石神在上！」父親說。他是從不咒罵的人，甚至這種溫和的老派詛咒他也不曾說過，所以，這咒罵讓我一下從昏睡狀態驚醒。母親騎最前頭，因為這條山路不至於走錯，父親殿後，便於看顧我們。母親沒聽見父親開口，我則問：「怎麼了？」

「我們的小白牛，」他說：「在那邊。」父親說完，才想起我沒辦法看見他指的地方。「那邊山坡下方草地上有一群牛，其中兩頭是白的，其餘都是暗褐色和紅棕色。」他安靜了一會兒，也許正在睜大眼睛仔細瞧。「他們背部隆起，牛角比較單薄。」他說：「是他們沒錯。」

我們都停下腳步。母親問：「我們還在寇迪世系的領地嗎？」

「已經在足莫了。」父親說：「前一個鐘頭就到足莫了。但那兩頭牛是樂得家以前出產的，現在是我的奶牛。若再靠近一點，我就可以比較確定。」

「不要現在去，凱諾。」她說：「很快就要天黑了，我們必須快點走。」她聲音裡有強烈的憂懼，我們都留意到了。

「那就走吧。」他說。於是我聽慢灰舉步向前，花妮隨後——不需要我給她什麼信號，接著，是小雄馬輕快的步伐跟在我們後面。

足莫世系的石屋到了。這副模樣的我竟來到陌生地方，置身陌生人群當中，對我來說非常困難。我一下馬，母親就拉著我的手臂不放，大概是為了讓她和我都安心吧。在眾多話語聲中，我聽見了阿格領主宏亮親切的聲音：「噯呀，呀，呀，各位終於來了！歡迎之至！歡迎來到足莫世系！我們是窮酸的本地俗人，不過，我們有什麼就分享什麼！瞧瞧這是什麼，

瞧瞧這是什麼，這男孩這樣綁起來是怎麼了？到底闖了什麼禍，小子？眼睛衰弱嗎？」

「啊，我們還寧願是那種小毛病呢。」凱諾輕描淡寫地說。他是個劍術家，但阿格根本不是刀劍手，他習慣使棍棒。惡霸是不會回應你的，他可能聽你說，但不留心聽；他講話時彷彿你毫不重要，因此他總是占得先機——雖然到最後就未必了。

「哦，那多遺憾哪，像個小嬰兒似的被帶著走。不過，他鐵定會長大，然後擺脫它的。這邊請，這邊請。嘿，那邊的，把他們的馬匹照應好！巴若，傳喚女僕去叫我夫人來！」他的大嗓門吩咐著各項命令和要求，引起一陣騷亂。很多人來來去去，也有很多話語聲。我四周都是人，是一大群我既沒看見也不認識的人。母親正在向某人解說那籃要送給領主夫人的小雞。後來，我被拉著跨過門檻上樓時，母親仍一直抓著我的臂膀。有人端來幾盆水，我們快速洗去旅塵，拂一拂衣著，母親也更換衣裙。

接著下樓，我們走進一個大房間。根據回音判斷，那是個寬敞挑高的房間。有壁爐：我聽見火聲劈啪，也感覺到雙腿和臉上的暖意。母親的手仍搭在我肩上。「歐睿，」她說：「這位是領主的妻子，黛娜夫人。」我向那個發出粗啞疲乏嗓音的方向鞠躬為禮，對方則表示歡迎我來到足莫。接著，還介紹了領主的長子哈巴與他妻子、次子沙貝與他妻子、他女兒與丈夫，以及這些人的成年子女、家中其他人——黑暗中，全部的人我只知其名，只聞其聲，未見其貌。母親靦腆但優雅的嗓音被在場這些大嗓門蓋了過去，但我就是聽得出來，她說起話與這些人多麼不同，她那平地人的禮貌在這兒多麼不相稱，甚至，她有些字的發音也與這群人的發音殊異。

父親也在我身邊，就在我後面。他不像足莫世系的男人那樣講話一長串，他只作敏捷可親的回應，聽到笑話就捧場地笑，此外就是對幾個男人說些聽起來像是樂見友誼重建之類的話。其中有個男人——我想是貝晞世家的——說：「那麼，這男孩是個『野眼』，對吧？」凱諾說：「對。」另一個男人說：「唔，別害怕。他漸漸長大就會融入力量的。」接著他說起一個故事，歐姆世系有個男孩，他的野天賦直到二十歲才穩定。我很努力聽這個故事，但各種大聲說話的喧鬧一直壓過那男人的聲音。

一會兒後我們移步餐桌。那真是恐怖的身心壓力，因為，眼睛看不見的人要學會體面的進食得花很長時間，而我還沒有時間學習那個技術。我害怕碰觸任何食物，因為擔心把食物灑出來，或把自己弄髒。他們原想讓我的座位遠離母親，阿格領主還要母親去坐在首位的男人附近，但她溫和而堅定地堅持坐我身旁。她幫我取了一根可以用手指拿起來啃的排骨，應該不至於害在場的人覺得噁心。但是根據我四周的咀嚼聲、狼吞虎嚥以及打嗝聲判斷，足莫世系想必沒什麼高雅的餐桌禮儀可言。

父親坐在餐桌較遠那邊，可能靠近阿格，或者可能就在他的鄰座。等大家喧喧嚷嚷的講話聲稍弱，我聽見父親平靜清晰的說話聲音。只是，其中有一種我從沒聽過的音色，一種活潑歡快的音色：「領主，我想感謝你照顧我們的小白牛。過去一整個月，我一直詛咒自己好蠢，居然沒把界籬修復完整，當然就讓小牛跳過去了。那種樂得世系的牛隻腳步就是輕。沒辦法，我勢必得放棄那兩頭牛了。我本來就在猜想，他們大概遊走下山，到杜奈去了！看起來，如果不是你們的人一直幫我把他們看守好，他們真的會下山到杜奈去。」這時，他座位那邊沒人吭聲，而我們這頭則有幾位女士仍在閒聊。「我一直十分看重那些小白牛，」凱諾繼續用那開放而自信、甚至幾乎是託付心意的方式說下去：「我一心想重建盲眼卡達在世時的牛群盛況。因此，我由衷感謝你。等他們其中一頭產小牛，第一胎裡有一頭就是你的，是公是母任你挑選。阿格領主，到時候，你只需派個人來牽牛就成了。」

現場只是一片沉默。接著，靠近凱諾座位有個人開口：「說得好，說得好！」然後其他聲音才加入。但我並沒有聽見阿格說話。

晚餐終於結束。母親請人帶她去她的住房，但仍要我跟著。這時，我才聽見阿格說：「噢，妳不會現在就要把小歐睿帶走吧？他年紀不小了吧？來，男孩，來跟大男人坐一下，品嘗我的春季酒釀！」但湄立以我整天騎馬，已經累了做為解釋，黛娜領主夫人也用她那粗糙疲乏的聲音說：「阿格，今晚放過這男孩吧。」我們因而得以逃脫，只是父親必須留下，與那些男人同飲。

父親上樓到房間時，我猜時間已晚。我本來睡著了，但因為他踢到一張凳子，還弄出別的響聲，我被吵醒。

「你喝醉了！」湄立小聲地說。他卻不自覺提高音量。「馬尿啤酒！」她笑了出來，他則哼哼鼻息。

「該死的床在哪？」他在房內跌跌撞撞。等他們就寢，我躺在窗戶下方的帆布床，聽父母小聲說話。

「凱諾，你這不是在冒一個嚇人的險嗎？」

「來到這裡本身就是冒險。」

「關於那兩頭小母牛——」

「默不吭聲能有什麼好處？」

「但今晚你是在挑戰他啊。」

「他自己的人都知道那兩頭小母牛是怎麼到這裡的，我是給他機會，看他是要當大家的面扯謊，還是接受我提供的託詞。」

「小聲點、小聲點。」她嘀咕道，因為他再度提高了音量。「嗯，我很高興他接受了。」

「但願他是接受了。我們等著瞧吧。那女孩呢？妳有見到她嗎？」

「什麼女孩？」

「那個新娘。那個害羞的新娘。」

「凱諾，安靜點！」她半是責罵，半是笑。

「那就把我嘴巴封起來吧，親愛的。幫我把嘴巴封住。」他低語，而她笑著，然後我聽見床板咯吱咯吱響。他們不再交談，我自己則重返睡眠的奢侈中。

第二天，阿格領主差人請母親一同到場，因為他要帶父親參觀他的國度：數棟建築、數座穀倉、數個馬廄，而我也必須同行。並沒有其他女人與我們一道參觀，隨行的只有他兒子和足莫世系幾個男人。今天阿格總以一種奇特、矯作的方式對母親說話，帶點兒亟欲保護和花言巧語的味道。他向其他男人提到母親時，彷彿她是一隻美麗的動物。總談她的足踝、她的頭髮、她走路的樣子。他若對母親講話，則以半開玩笑的藐視口氣提及她的平地人出身。他似乎想提醒母親或他自己，母親是比他低劣的。但另一方面，他卻又像水蛭一般黏在她身邊。在大夥兒四處打轉的這段路上，我盡力夾在母親和他中間，只是阿格總會跑去另一邊，又靠到她身旁。好幾次，阿格建議母親——差點沒命令——叫我去找別的孩子、或去父親那邊。母親並沒有當面拒絕，只是虛應一下，聲音裡帶了一絲笑意，總是沒讓阿格如願。

一群人又回到石屋時，阿格告訴大家，他安排帶眾人去足莫領地北部的山上獵野豬。他說，他們正在等葩恩——就是桂蕊的母親，希望她能在我們還沒動身前抵達。他強邀我們參加那場狩獵。母親猶豫，阿格於是說：「唔，女人家說到底不適合野豬狩獵。危險嘛。但是叫那男孩一起來吧，也是有個變化啊，免得他蒙著眼老是愁眉苦臉的，如何？而且，萬一野豬襲擊，他可以『啪噠』給他一眼，豬豬就再見了，如何？好嗎，小男孩？獵野豬時，能有個快眼人同行總是好事。」

「那可一定交由我來給他一眼，」父親的語調依舊保持作客的一貫愉悅：「交給歐睿的話，恐怕有點太冒險了。」

「冒險？冒險？是害怕那豬豬嗎，他害怕嗎？」

「噢，冒險的倒不是歐睿。」凱諾說。這一次，辭令劍術的劍尖恰恰抵著阿格。

阿格已經不再佯裝不知我雙眼何以被蒙住，因為事實明擺在眼前：足莫世系其他人早就清楚箇中原因了。而且，關於我的輝煌事蹟，各種離奇版本他們都確實相信。他們相信我就是那個擁有毀滅之眼的男孩，天賦強大到無法控制，分明就是「新盲眼卡達」。阿格揮舞他的棍棒出擊，技術尚差一截，未能擊中目標。我的名聲將我們安放在他搆不著的所在。但是，他還有別的武器。

前一晚我們碰到的那些人，加上今早周圍這些，熙熙攘攘之中，我們卻還沒被介紹認識領主的孫女，也就是他小兒子沙貝．足莫與蝶丹．克思所生的女兒。我們已經見過這對父母：沙貝同他父親，有副響雷般的快活嗓門。蝶丹與母親和我說過話了，她的聲音之虛弱，害我把她想成了一個老嫗。不過，按照凱諾說的，她根本沒那麼老。那天早上稍晚，我們重回屋子時蝶丹也在那兒，只是依舊不見她把女兒帶出來——那個女孩，說不定將是我的訂婚對象。昨天夜裡，凱諾叫她「那個新娘，那個害羞的新娘」，想到這裡我臉都紅了。

阿格彷彿擁有摩各的內視力天賦，照樣扯著嗓門說：「還要再等幾天才能見到我孫女華丹，小克思。她和她表兄姊下山去老里門家。我倒是想說，你眼睛又看不見，介紹你們認識有何用？不過，當然也是有其他辦法認識一個女孩，到時候你就知道囉！嗯？甚至是更有趣的辦法，嗯？」四周的男人全笑了。「等我們刺死野豬扛回來，她就會在這兒啦。」

葩恩那天下午抵達，接下來的談話全部圍繞著狩獵活動。我也得同行。母親原想禁止我前往，但我知道無法閃躲，也就說：「別擔憂，母親。我會騎花妮去，不會有事的。」

「我會跟著歐睿。」凱諾說。我知道他非常滿意我及時表現出來的泰然。

第二天，我們破曉前就出發。不管是在馬背上或徒步，凱諾始終緊跟著我。他的存在，乃是我僅有的磐石，因為那天我處在不斷的困惑當中——騎騎停停、來來往往、叫叫嚷嚷，全在烏黑沒有意義的茫然裡。我們去了五天，我始終沒能搞清楚我的方位，也始終不知道我臉孔或雙腳的前面是什麼。摘下蒙眼布的誘惑無比強大，我卻一直非常害怕那樣做，因為我處在一股剪不斷的驚怖憤怒中，感到無助、忿恨、屈辱。我畏懼，卻逃不開阿格領主那拔尖擾人的聲音。有時，他假裝相信我真瞎了，拉開嗓門可憐我；但多數時候，他揶揄我、刺激我取下蒙眼布——但不是公開的揶揄刺激——叫我展示毀滅的力量。他怕我，又氣不過自己竟然怕我，直想讓我為此吃點苦頭。另一方面，他也好奇。因為我的力量仍屬未知。對象若是凱諾，還有幾條特定界線，他從不敢跨過，因為他太了解凱諾不好惹。至於我，我有什麼力量？說不定，我的蒙眼僅是花招，是嚇唬人的？阿格像個小孩戲弄一條鏈著的狗，想看看牠是否真會咬人。我就被他鏈著，任憑宰割。我那麼恨他，恨到我覺得要是讓我看見他，就沒什麼能阻擋我。我會的，我一定會毀滅他，像那隻老鼠，像那條蝰蛇，像那隻獵犬……

葩恩把一大群野豬從頁恩山的山腳丘陵召喚出來，而且叫公豬離開母豬。等獵犬與獵人把那畜生團團圍住時，她就離開獵場，回到營地，我和幾匹馱馬、幾個僕人也被留在營地。

他們出發時我感到很丟臉。「你要帶那男孩一起來，對吧，克思家的？」阿格領主說。但父親如同之前一樣，歡快地回答，說我和老花妮都不參加，因為怕耽誤眾人。「那麼，你也要陪他安安穩穩待在這營地？」那粗聲粗氣的巨響傳來，然後是凱諾柔和的嗓音：「不，我想我會參與這場殺戮。」

凱諾上馬之前——他騎的是慢灰，不是小雄馬——摸摸我肩膀低聲說：「撐牢囉，我兒。」所以，我一直坐在足莫家的農奴和僕人之間，牢牢撐著。他們避開我，但很快就忘了我存在，互相大聲交談、開玩笑。我壓根兒不知道四周狀況，只曉得我前一晚睡過的被褥就捲在靠近我左手的地方。此外，整個宇宙對我都是未知。我要是起身走個一、兩步，立刻會迷失在那個空白的深淵裡。我在手下發現了幾顆小石子，於是把玩了起來，摸一摸，數一數，試試看排列成行，藉此打發無聊時間。我們人，除非真的沒有眼睛可看，否則幾乎不曉得人生有多少快樂和趣味是透過雙眼而來。而且，有一部分的樂趣是源於雙眼可以選擇要看什麼。我們的耳朵不能選擇要聽什麼。我想聽鳥鳴，因為這片森林充滿他們的春日音樂，但，多數時候我卻只聽見男人吼來吼去、粗聲大笑。這讓我忍不住想，我們人類是多麼吵鬧的一種族類。

我聽見單匹馬進入營地的聲音，男人的喧鬧聲稍減。不一會兒，有人挨近我說話：「歐睿，我是葩恩。」她說。她自報名字，這份貼心真教我感念。雖然她的聲音非常像桂蕊，我本來就認得。「這兒有點水果，張開手。」她在我手中放了兩、三顆李子乾。我向她道謝，開始嚼起來。她在靠近我的地方坐下，我聽見她也在嚼。

「嗯，」她說：「這時候，那頭野豬想必已經殺害一、兩條狗，說不定還殺了一、兩個男人，不過也可能沒有。那群獵人倒可能已經把野豬殺死，開腸破肚，再削幾根棍子用來扛他。狗群正在搶食野豬內臟，馬匹反而想遠離，卻走不了。」她吐出東西——也許是李子乾的果核。

「妳從不留在殺戮現場嗎？」我怯怯問。雖然我已認識葩恩一輩子，但她總讓我感到畏縮。

「是野豬和熊的話，就不留在現場。他們都會希望我干預，要我抓住那畜生，好讓他們動手殺。那是給他們不公平的優勢。」

「假如是鹿或兔呢？」

「他們是被獵的動物，快點殺掉最好。公豬和熊就不是被獵的動物，值得付出一場公平的打鬥。」

地位清楚了，公平自然相隨。我接受這種原則。

「桂蕊有隻小狗要送你。」葩恩說。

「我正準備向她要……」

「她一聽說你兩眼被蒙起來，就說，想必你會希望有隻小狗當導盲犬。最近，桂蕊與我們一位牧羊人都在忙幼犬的事。他們都是好狗。你們回家時順道來樂得帶走吧。桂蕊可能已經幫你把小母狗準備妥當了。」

那是美好的片刻，是漫長而可憐的幾天裡，僅有的美好片刻。

很晚的時候，獵人零零星星陸續回到營地。我當然掛心父親，但不敢詢問，只得聽其他男人怎麼說，還有就是注意聽凱諾的聲音。最後，父親總算回來了，牽著腿有點受傷的慢灰——某種衝撞或混戰所致。他溫和招呼我，但我感覺得出來他被激怒了，氣得幾乎超過忍受界線。原來，這次狩獵搞砸了。阿格和他長子爭論戰術策略，弄得每個人都無所適從，野豬因而在殺了兩隻狗之後逃跑，一匹馬追趕時弄斷了腿。等野豬跑進雜木林，獵人不得不下馬，改為徒步。結果，又一隻狗被公豬開膛剖肚。到最後，誠如凱諾壓低聲音對我和葩恩說的：「他們全體動手，戳刺那頭可憐的畜生，卻沒人敢靠近，前後花了半小時才殺死。」

我們默默坐著，聽阿格和他兒子吼來吼去。狩獵僕人總算把公豬扛進營地。我聞到強烈惡臭，以及鮮血的金屬味。按照禮儀，肝臟由實際到場參與殺戮的人平分，再拿到火上烤。凱諾沒上前拿他應得的一份，轉而去照料我們家的馬匹。我聽見阿格的兒子哈巴大聲喊父親去拿他的殺戮盛宴。但我沒聽到阿格叫父親，阿格也沒有像之前那樣過來騷擾我。那天夜裡以及返回石屋的途中，阿格都沒再對凱諾或我講什麼。能倖免於他快活的欺凌，實在是個解脫，但同時也教我憂慮。我們營宿的最後一晚，我問父親，狩獵時，領主有沒有對他生氣。

「阿格說我拒絕救他的狗。」凱諾說。我們躺在溫暖的營火灰燼旁，頭挨著頭低聲交談。我知道四周是黑暗的，因此可以假裝是由於四周黑暗我才看不見。

「當時是什麼情形？」

「野豬猛烈攻擊獵犬，阿格對我大喊：『運用你的眼睛，克思家的！』彷彿我就是得在狩獵中運用我的天賦！我與哈巴和另外兩個人用鐵矛刺豬時，阿格沒有加入。後來，野豬突圍，剛好從阿格身旁跑過，就這麼逃走了。啐，那是一場笨拙的狩獵，一場屠殺。而他把失敗的帳算在我頭上。」

「我們從營地回到足莫的石屋以後，是不是還必須再留宿？」

「再留宿一、兩晚吧。」

「他恨我們。」我說。

「卻不恨你母親。」

「最恨她了。」我說。

對於我的說法，凱諾要不是聽不懂，就是不相信。阿格可以隨他高興盡情欺負我，也可以證明他在財富和勢力等等方面都優於凱諾，但湄立卻在他可觸及的範圍之外。他上次到我們家，我已見過他注視母親的樣子。我知道，如今在這兒，他依然是以相同的驚奇、恨意與貪婪在注視母親。我知道他怎麼擠過去靠近母親，我聽見他又吹噓又保護，意圖打動她，卻起不了作用。母親溫和含笑的回應，其實等於沒有回應。他的所有，他的所為，他的所是，都無法觸及母親。甚至，母親也不真的怕他。

第十一章

幾天幾夜在野外，得等到返回才能與母親重聚，才能洗澡，才能換穿乾淨衣服，這時我竟覺得，足莫世系的石屋儘管不友善，我也未曾親眼看過，卻似乎有種親切熟悉之感。

我們下樓，準備到大廳吃晚餐。到了大廳，我聽見阿格領主在跟父親說話——兩天來的頭一次。阿格說：「你妻子呢，克思家的？那個漂亮的老繭呢？還有，你的瞎眼小男孩呢？我孫女在這兒。大老遠的從里門世系出發，穿越整個領地回家，特來與他會面。喏，小男孩，過來見見華丹，看看你們彼此感覺怎麼樣？」他的話語夾帶刺耳的得意笑聲。

我聽見蝶丹——也就是女孩的母親——小聲催她上前。母親一隻手扶我臂膀，說：「華丹，我們很高興認識妳。這是我兒子歐睿。」

我沒聽見那女孩說話，只聽見一種像竊笑或抽噎的聲音，我猜想她是否帶著一隻小狗，那是小狗發出的聲音。

「妳好。」我說，同時點頭為禮。

「好你好你好你。」我面前有人這樣重複說道，聲音微弱，想必就是那個女孩。

「說『你好』，華丹。」那是蝶丹，顫抖著低聲說話。

「好你好，好你好。」

我講不出話來。母親倒是說：「很好，謝謝妳，親愛的。從里門回來是很遙遠的路途，不是嗎？妳一定非常疲倦了。」抽噎、小狗叫般的聲音再度出現。

「對，她很疲倦了——」她母親剛要說下去，我們近旁的阿格大嗓門卻搶著說：「得了，得了，讓兩個小孩自個兒聊一聊吧，妳們女人別自顧自把話塞進他們嘴巴！禁止作媒！雖然他們實在是不錯的一對，不是嗎？小男孩，你覺得呢？我孫女漂亮嗎？你知道的，她也擁有跟你一樣的血統，不是老繭血統，而是克思血統。人家常說道地血統必定出頭！她漂亮吧，嗯？」

「我看不見她，先生。依我的想像，她是漂亮的。」

母親捏捏我臂膀，不曉得是擔心我的鹵莽，還是希望我盡可能禮貌一點？

「看不見她！我看不見她，先生！」阿格模仿我的話。「那麼，讓她帶你四處走走吧，她看得見，她有好眼睛——完好、銳利、敏捷的克思之眼。不是嗎，女孩？不是嗎？」

「好你。不是你。不是你。姆媽，我可以想去樓梯。」

「可以，親愛的，我們一會兒就去。請原諒我們，公公，由於長途騎馬，今天她實在很累了。晚餐前我們要先休息一下。」

女孩與她母親逃跑了，我們卻不能，我們必須在長桌邊坐好幾小時。那頭野豬已經在窪坑烤一整天了。豬頭端進來時，大廳響起一陣勝利歡呼。大家向獵人們舉杯痛飲。公豬肉的濃烈氣味塞滿整個大廳。豬肉厚片在我的盤子上疊得好高。桌上供應了酒——不是啤酒或麥酒，而是領地西南部葡萄園產製的紅酒。全高山地區只有足莫世系釀酒。酒很濃，帶了甜酸味。沒多久，阿格的音量就前所未有地大了起來，一下對長子吼，一下對次子，也就是華丹的父親喊。「看樣子就來個訂婚宴會怎麼樣，沙貝？」

他自己高聲談笑，也不等人回答。半小時後又重複一次：「看樣子，就來個訂婚宴會怎麼樣？嘿，沙貝？我們的朋友都在現場，都在我們家屋簷下。克思家、貝晞家、寇迪家，還有足莫家。整個高地上最好的血統都到了。你怎麼說，凱諾．克思領主？你願意參加嗎？乾杯吧。敬友誼、忠誠、愛情，還有婚姻！」

晚餐後，母親與我仍沒獲准上樓。阿格足莫與他的手下狂飲灌醉自己時，我們還是必須留在大廳內。他老是來靠近我們，而且拚命與母親講話，口氣和話語越來越冒犯，但湄立與盡可能靠近我們的凱諾都沒有因此受刺激而憤怒回應，但也沒有作太多回答。一段時間後，領主夫人介入了，她一直陪伴我們，有如母親的防護盾牌，並代替母親回應阿格。阿格很不高興，再次與他長子爭吵起來。這時，我們總算可以乘機開溜，離開大廳上樓去。

「凱諾，我們能不能離開？現在就走？」在前往臥房的長甬道上，母親低聲對父親說。

「再等一等。」他回答。我們進了臥房，關上房門。「我需要與葩恩．貝晞談談。我們明天早點走，今晚他不至於對我們做出什麼傷害。」

母親絕望地笑笑。

「我會陪伴妳。」他說。母親放掉我的臂膀，轉身與父親相擁。

事情就該如此。雖然聽到我們就要離開，我很高興，但我有個疑問需要找出答案。

「那女孩，」我說：「華丹。」

我感覺父母都看向我，當下有一小段沉默，顯然他們對望了一眼。

「她個子小，不醜。」母親說：「笑容甜甜的，但她是……」

「白痴一個。」父親說。

「不，凱諾，沒那麼糟。不過……是不大對勁。我想她心智上像個小孩，一個小小孩。」

我不認為她日後會有什麼成長。」

「白痴一個。」父親再說一遍。「這就是足莫給我們要當你妻子的人，歐睿。」

「凱諾……」母親囁囁著。跟我一樣，我們都被父親聲音裡的恨意嚇著了。

有人敲門，父親去應，傳來低低的商量聲。一會兒，父親轉回來到我所坐的床邊，但母親沒有。「那孩子疾病發作，」父親說：「蝶丹找人來請你母親去協助。我們外出打獵並樹敵的期間，湄立倒是很快與這兒的女眷成了朋友。」父親發出一個不開心的疲乏笑聲。我聽見他在沒燃火的壁爐前坐下，在椅子上猶如疲累的獵犬瞬間癱平。「真希望我們現在已經遠離這兒了，歐睿。」

「我也是。」我說。

「躺下睡覺吧，我會等你母親回來。」

我也想一起等母親回來，想跟他一起熬夜。但他走過來，輕輕將我推進小床，又為我蓋好那條暖和的上等羊毛毯。下個片刻，我就睡著了。

我是突然醒轉的，而且非常清醒。一隻公雞在外頭的晒穀場啼叫，也許是黎明時分，或者距黎明還早。房裡有小小的聲響，我於是問：「是父親嗎？」

「歐睿？你醒了？天還黑，我看不見。」母親摸索到我的小床，在我旁邊坐下。

「噢，我覺得好冷！」她說道，全身顫抖得厲害。我試著將暖和的毛毯拉去圍住她肩膀，她則用毯子圍住我們兩人。

「父親呢？」

「他說他要去找葩恩談談。他說，一等有了亮光可以看見，我們就離開。我已經告訴黛娜和蝶丹我們要離開。她們都理解。我只說我們出門太久，凱諾擔心春季犁田的工作。」

「那女孩什麼病發作啊？」

「她大概是累過頭，加上痙攣發作，她母親嚇壞了。可憐啊。我讓她去睡一下，但她沒怎麼睡，又去坐著陪那小女孩。後來，我在那兒半睡半醒，不曉得……好像……我那時候感覺好冷，似乎怎樣也無法暖和起來。」我抱緊她，她靠在我身邊蜷縮著。「最後，有別的女人來，可以陪那孩子，我就回來了。你父親去找葩恩。我想我應該先把我們的東西收拾好，以便離開。可是現在天還黑著，真希望黎明快來。」

「待在這裡暖暖身子吧。」我說。我們坐在那兒盡力溫暖彼此，直到父親回來。他身上帶了打火石和鋼片可以點亮蠟燭。母親於是快快把我們不多的東西收進馬鞍袋子裡，我們躡手躡腳走過廳堂、甬道、下樓、出了屋子。我聞到空氣中有黎明的氣味，幾隻公雞正啼叫著，彷彿在確認黎明已至。我們走進馬廄，那裡有個睡意仍濃、脾氣正差的傢伙，他起來幫我們把馬匹裝妥馬鞍。母親牽出花妮，我上馬時，她幫我拉著她。我坐在馬鞍裡等著。

我聽見母親低聲發出驚訝的慘叫。另一匹馬被牽出來，馬蹄在圓石地面達達響。

她說：「凱諾，看。」

「啐。」他噁心地說。

「怎麼了？」我問。

「那些小雞。」父親低聲說：「他的手下把籃子放在你母親交給他們時的原地，扔著不管，任憑那些小雞死去。」

父親幫湄立登上慢灰的馬鞍。自己再進馬廄把布藍提騎出來。那名馬夫為我們打開院子大門，我們踏上歸途。

「真希望可以策馬快跑。」我說。母親不安地以為我真的有意策馬，便說：「親愛的，我們不能。」緊跟在我後頭的凱諾給了我一個短促的笑，說：「犯不著，要逃跑，用走的就行了。」

這時，每棵樹上的小鳥都吱吱喳喳叫著。我一直想，我很快就會見到黎明曙光了——像母親之前盼望的那樣。

騎了幾英里路之後，母親說：「給那樣的家族贈送那樣的禮物，實在太蠢了。」

「那樣的家族？」父親說：「妳的意思是高貴偉大的家族？」

「在他們自己眼裡，是的。」湄立．甌里塔說。

我說：「父親，他們會說我們是逃跑的嗎？」

「會。」

「那我們不應該離開，對不對？」

「歐睿，要是我們留下，我會把他殺了。雖然我很想在他自己的屋子裡殺他，但我付不起獲得快意的代價。他自己也明白。不過，我會替自己掙一點公道回來。」

我不懂他的意思，母親也不懂。早上過去一半時，我們聽見一匹馬從後面跑來，不禁警戒起來，但凱諾說：「那是葩恩。」

她策馬趕上我們，以如同桂蕊一般沙啞的聲音與我們打招呼。「凱諾，你的牛在哪？」

「在那個山坡下方，往前一點。」於是我們策馬慢跑過去。中途暫停，母親與我下馬。她帶我到溪邊的草地坐下，自己牽慢灰與花妮到溪水中喝水，順便讓他們的蹄子涼爽涼爽。凱諾與葩恩繼續向前騎，很快就聽不見他們的馬蹄聲。「他們去哪兒？」我問。

「到那邊的草場。他一定是央求葩恩召喚那兩頭小母牛。」

似乎又過了很長一段時間。這段時間我緊張兮兮地聽著，擔心山路會有追兵和仇家追來，結果並沒聽到什麼，只聽到鳥鳴及遠處牛哞。母親說：「他們來了。」很快地，我聽見動物腿部擦過青草的窸窣，以及布藍提與我們兩匹馬嘶鳴相迎的聲音，然後是父親對葩恩說話、笑著。

「凱諾，」母親才剛開口，父親立刻回答：「湄立，沒事的，這兩頭牛是我們的，足莫幫我們看顧一段時間，現在我準備帶她們回家，沒事的。」

「很好。」她悶悶不樂地說。

很快地，我們又一同上路。母親在最前方，其次是我，葩恩與緊隨其後的兩頭小母牛在中間，凱諾殿後。小母牛並沒有害我們慢下速度，由於她們還幼小，精力充足，又是運輸和犁田的品種，所以能整天與馬匹同步，不至落後。下午過去一半時，我們已經進入自己的領地，再由北方抄捷徑，往樂得世系前進。這是葩恩的建議，她要我們把小母牛帶到樂得的牧場一段時間，與她們昔日同伴待在一起。「這樣比較不會惹足莫生氣，」她說：「而且，就算足莫要來偷，也困難許多。」

「除非他召喚妳來。」凱諾說。

「那倒不無可能。只是，我無論如何不再與阿格．足莫來往了，除非……如果他想製造爭端世仇，他將如願以償。」

「要是他與你們起爭端，也就是與我們反目了。」凱諾說，口氣猛烈，卻不無高興。

我聽見母親小聲念誦：「恩努神啊，請諦聽，並與我們同在。」每逢擔憂或驚恐時，她都這樣祈禱。很久以前我曾問她，她也告訴過我，恩努神會整平道路、降福工作、修補爭端。貓咪是恩努神的動物象徵，涓立所戴的貓眼石項鍊就是恩努神的礦石。

差不多在我背部不再感覺到西晒的太陽時，我們抵達樂得世系的石屋。還沒到目的地之前的一英里路上，我已經聽到狗吠聲。一行人騎馬進入樂得家的院子時，一大群狗兒圍到我們座騎四周，每一隻都快樂地迎接我們，特諾也從屋子出來大聲歡迎我們。又過一下子，我還坐在花妮馬背上，有人過來抱住我的腿。是桂蕊，她的臉貼著我的腿。

「嘿，桂蕊，讓他下馬吧。」是葩恩那乾而冷的聲音在說話：「幫他一個忙。」

「我不需要幫忙。」我說著，四平八穩地下了馬，隨即發覺桂蕊這時改抱住我的臂膀，同樣是貼著臉頰，而且哭了：「噢，歐睿。」她說：「噢，歐睿！」

「沒事了，桂蕊，沒事了，真的，其實並沒——我沒有——」

「我知道。」她鬆手，一邊說一邊還吸了幾次鼻子。「哈囉，母親。哈囉，凱諾領主。哈囉。」我聽見她與湄立擁吻一下，接著又回到我身邊。

「葩恩說妳有一隻狗，」我覺得難以啟齒，因為可憐的邯達之死，罪惡感仍沉甸甸地壓在心頭。罪惡感的產生不僅是因為他的死，甚至也因為我當初選擇他——而桂蕊早就知道那個選擇是錯誤的。

「你想看看她嗎？」

「想。」

「來。」

桂蕊帶我去某個地方並說：「等一等。」即便是這棟房子、這些地方，雖然我對它們與我們家幾乎同樣熟悉，但在蒙眼期間，它們都是迷宮和奧祕。過了一、兩分鐘，我便聽到她說：「黑煤兒，坐下。這是黑煤兒，歐睿。這是歐睿，黑煤兒。」我蹲下，稍稍向前伸手，立刻感覺到溫暖氣息，同時摸到細細的嘴鬚，感覺到禮貌的舌頭正在舔洗我的手。我再小心向前探，一邊擔心戳到小狗眼睛，或有不正確的動作。但是，她安靜端坐，由著我去摸索她頭部和頸部那細絲般緊實的捲毛，以及高挺柔軟，上下搖動的耳朵。「她是一隻黑色牧羊犬？」我小聲說。

「對。去年春天，金尼的母狗生了三隻幼犬，這是最好的一隻。孩子們都把她當寵物玩，但金尼一開始就把她當牧羊犬飼養。我一聽說你眼睛的事就向她討了這隻狗。喏，她的皮帶在這兒。」她說。桂蕊把一條硬短皮帶放進我手裡。「你帶她走走。」她說。

我站起來，感覺小狗也站了起來。我跨出一步，發覺小狗擋在我兩腳正前方，不動如山。雖然感到尷尬，但我笑了起來。「這個樣子我們走不遠的！」

「那是因為，假如像你剛才那樣繼續向前走，你會絆到法諾擱在那兒的木材跌倒。就讓她為你帶路吧。」

「我要怎麼做呢？」

「就說『走吧』，加上她的名字。」

「走吧，黑煤兒。」我拉著皮帶末端，對著黑暗這麼說。

手中的皮帶輕輕拉我向右，然後向前。我盡可能放膽走，直走到手中的皮帶拉我停止。

「回桂蕊那邊，黑煤兒。」我說著，轉個向。

皮帶引導我多轉一點，然後往回走，停下。

「我在這兒。」桂蕊在我正前方開口說話，粗啞的聲音突然冒出來。

我跪下，感覺狗兒蹲坐著。我伸手環抱她，細絲般的耳朵貼著我的臉，嘴鬚輕搔我的鼻子。「黑煤兒，黑煤兒。」我說。

「我不對她運用召喚天賦，只有最開始時用過幾次。」桂蕊說。根據她聲音的方位，她應該是蹲在我近旁。「她學習神速，很聰明，而且穩定。不過，你們還是要互相合作。」

「我應該留她在這兒，過一陣子再回來帶她嗎？」

「我看不用。我可以告訴你哪些事不要做，以及一次不要要求她做太多。我可以去你們家，陪你訓練她。我很樂意。」

「那就太好了。」我說。剛經歷過足莫家的威嚇、激怒和殘酷，桂蕊明澈的愛和體貼、狗兒的平靜可靠，與信任人的反應，實在讓我情感超載。我把臉埋進那細絲般的毛中，「好狗狗。」我說。

第十二章

桂蕊與我終於進到屋裡時才知道剛才發生嚇人的大事：母親下馬時昏倒在父親臂彎。他們將她帶上樓，讓她臥床休息。桂蕊與我自覺年紀太小，不曉得要幫什麼忙，只好東晃西晃，家裡大人生病時小孩多半都這樣。凱諾總算下樓來，他直直走向我，說：「她會沒事的。」

「她只是累了嗎？」

凱諾躊躇未答。桂蕊於是問：「她沒有失去孩子吧？」

這是桂蕊天賦的一部分，某人體內有兩個生命時，她會知道。我們世系的天賦就沒那個部分。比如凱諾，他就不曉得湄立已經懷了孩子。而母親本人可能也不知道。

對我而言，這個消息沒多少意義。一個十三歲的少年，正要大步向前，走出生命的年少階段。懷孕與生產是抽象的事，與他全然無關。

「沒有。」凱諾還是欲言又止，只說：「她需要休息。」

他說話時疲累而平板的聲調讓我不安。我希望他打起精神。我受夠了恐懼和陰暗，我們好不容易才從當中脫離，再度自由，在樂得世系跟朋友待在一塊，安全無虞。

「假如她暫時沒事，也許你可以來看看黑煤兒。」

「晚一點。」父親說，他摸摸我肩膀就走開了。桂蕊帶我到廚房，因為剛才那陣混亂，沒人想到晚餐，但我實在餓死了。廚子拿兔肉派餅讓我們填肚子。桂蕊說，我吃得滿臉油膩，難看極了。我說她也試試當瞎子吃東西，她說她試過了——為了弄清楚我的情形是怎樣，她曾經特地蒙眼一整天。吃完東西，我們又到屋外。黑煤兒帶我在黑暗中走了一會兒。那晚有半輪明月，正好為桂蕊提供一點光線，便於走動，不過，她說黑煤兒與我同行走得比她好多了，為了證明，她還讓一株樹根給絆倒。

小時候，我們一起生活在樂得世系，桂蕊與我無論在哪玩睏，總是就地睡在一塊兒，跟幼小動物一樣。從那時候起，大人就一直在談訂婚之類的事。這一天，我們卻變得像大人一樣互道晚安。特諾把我帶到我父母就寢的房間。樂得世系不像足莫世系，這裡沒有那種整排整套的臥房和床鋪配置。特諾低聲告訴我母親睡在床上，父親坐在椅子裡。他給我一條毯子，我則把自己包捲起來，在地板上入睡。

第二天早上，母親堅持說她很好，只是小小著了涼，沒什麼，可以回家了。「但可不是坐在馬背上。」凱諾說完，葩恩也表示贊同。特諾提供一輛載乾草的農車，外加歪嘴母馬的女兒——歪嘴母馬就是當年背負特諾去杜奈參戰的那匹。就這樣，母親、黑煤兒與我坐著豪華馬車啟程返回克思世系。所謂的豪華馬車，就是鋪了麥稭，再鋪毯子的那輛農車。凱諾自己騎布藍提，慢灰與花妮心甘情願地跟在後面，我們都很高興要回家了。

換了屋子和主人的黑煤兒似乎以一顆寧靜的心接納了這改變，只不過仍須先把屋子到處聞個透。另外，她還得在屋外不同的灌木叢和石堆上各灑一泡尿做記號。

至於我們家原有的幾隻獵犬，她禮貌地打過招呼之後就冷冷地避開他們。她的牧羊犬血統不像我們家的狗兒那麼愛社交、好群集，黑煤兒內斂、專心致志。她跟父親很像：鄭重看待她的責任。而我，就是她首要的責任。

不久，桂蕊就騎馬過來繼續我們對黑煤兒的訓練，之後每隔幾天就來協助。她騎的小雄馬名叫「烈火」，屬於寇迪世系貝晞世家。他們請葩恩馴服他，所以葩恩除了訓練那匹小雄馬，還順便訓練她的女兒「破馬」。召喚者雖然用「破馬」這樣的字眼來表達馴馬的方式，但與他們訓練幼馬的手法其實沒什麼關係。在他們的訓練中，沒有任何東西遭到破解，相反過來，是使之成為「一」，成為「完整」。那是一個漫長的過程。

桂蕊是這樣向我說明的：我們要求馬匹去做他天性不會做的事，但馬匹天生不會臣服於我們的意志，他們不像狗兒。因為馬匹是牧群動物，不是馱負動物，而且比起分階級，更喜歡一致。狗兒「接納」；但馬匹「認同」。桂蕊與我花很多時間討論這些，而這段期間，黑煤兒與我則繼續學習彼此的責任。桂蕊與我騎馬出去時會持續討論。桂蕊與烈火也正在學習、教導對方彼此的責任。而我所騎的花妮，很久以前就學會了她需要知道的事。騎馬時，黑煤兒不戴皮帶地跟隨我們，她可以輕鬆自在、隨興小跑、想停就停、東聞西聞、探一探小岔路等等。甚至自己在前頭快跑，完全不用擔心我。但只要我一喊她名字，她總是會在。

黑煤兒與桂蕊使我的生活大為不同，那個在黑暗中度過的第一個夏季因為他們而變得明亮。之前，由於天賦的關係，我碰到好多麻煩和壓力，一直處在惶惑與恐懼當中。蒙起雙眼後，我完全不可能運用天賦，更別提錯用天賦，也就不需要折磨我自己或被別人折磨。在足莫世系經歷的夢魘已成過去，我置身於族人之間。相對於我的無助，我在那些較單純的人身上激起的敬畏多少算是一種補償。當你摸索著跌跌撞撞穿過一個房間，聽見人家小聲說：「要是他拿掉蒙眼布我準會嚇死！」這話就成了鼓舞。

我們返家後，起初母親因感不適而臥床。後來她下床，開始像以前一樣在屋內四處活動。可是，有一天吃晚餐時，她起身，我聽見她語帶驚懼地說了什麼，然後現場一陣忙亂。她與父親都離開，剩我一個人孤寂地坐在餐桌旁，因惑不已。我還得詢問屋裡的婦女到底發生什麼事。起初沒人肯告訴我，後來有個女孩說：「噢，她在流血，裙子沾上好多血。」我嚇壞了，走去大廳，獨自坐在壁爐前的座位茫然發呆。後來，父親發現我在那兒，他只對我說是流產，但母親狀況還好。父親說得平靜，我就安心了。我緊緊抓住那安心的感覺。

第二天，桂蕊騎著烈火來。我們一起上樓，到母親的塔室看望她。塔室裡有張小床，那兒比臥室溫暖。雖然是盛夏，塔室的壁爐內依舊燃著火。從擁抱中，我察覺涓立肩頭圍著她最暖和的那條披巾。她說話有點虛弱沙啞，但聽起來並沒有走樣。「黑煤兒呢？」她問：「我要黑煤兒來看我。」黑煤兒當然就在房裡，因為她與我已經分不開了。於是，她被邀請到床上，神色警醒地伏在那兒，顯然，她深信母親需要一隻守衛狗。母親詢問我們的訓練課：怎麼導盲、怎麼被導盲。也問到桂蕊的破馬，我們一如往常閒聊著。但在我還不想走時，桂蕊就起身了。她說我們必須離開。親吻母親時，她低聲對母親說：「關於那個小嬰孩，我很遺憾。」

涓立對桂蕊低語道：「我還有你們兩個。」

如今每一天，父親從破曉到傍晚都在為領地的工作忙碌。本來，我才剛要開始對他有點用處，現在卻又變成無用了。阿羅取代了我的位置，跟在父親身邊幫忙。阿羅是個心思清明的男人，沒野心，不作假。他自認愚笨，有些人也同意他的看法，但是，他往往可以不用多方思考就得出一個想法，而且，其判斷通常都頗為周全。他與凱諾攜手合作，能我所不能，實在讓我羨慕又嫉妒。基於自尊心，我並沒有把心裡的感受表達出來，因為那會傷害阿羅，讓父親生氣，對我也沒有益處。

等到無用與無助感開始讓我焦慮，等到我自己的決心漸漸轉弱，渴望解除蒙眼布，完整取回我所傳承卻喪失的視覺時，卻遇上堅定不移的父親。看得見時，我對凱諾和他所有人民都是致命的危險；兩眼蒙起來時，我成了他的盾牌和支助。我的盲眼就是我的用途。

父親曾稍微與我談到那次拜訪足莫世系的經過，他說，他認為阿格．足莫一直懼怕我們父子，其中，阿格最怕的是我。因此，阿格那些不留情面的取笑和嘲諷都是一種虛張聲勢，一種表演，以便在他的族人間挽回面子。「他最盼望的是趕走我們，他渴望考驗你。行啊。只是，每次他剛要強迫你施展天賦，自己又退縮。他其實不敢怎樣，而且，由於懼怕你，那幾天他並沒有挑戰我。」

「但那個女孩——他用她來羞辱我們！」

「在我們知道你的野天賦之前他就已經設計好了這一招。結果著了自己的道。但他還是必須一路到底，以便顯示他對我們無所畏懼——而他其實是畏懼的，歐睿，他是畏懼的。」

我們那兩頭小母牛已經帶回克思領地，被安置在高牧場的牛群當中，那兒距離足莫領地的邊境相當遙遠。足莫對這兩頭母牛一直沒說什麼，也沒有對我們或樂得世系採取報復舉動。「我給了他臺階下，他接受了。」凱諾語帶報復的快感，那似乎是近日以來他僅有的快活片刻。那陣子他老是很緊繃、很嚴厲。雖然他對我與母親依舊溫和關懷，但大多外出工作，與我們相處的時間一向不長，回家時又都因為疲累而不發一語，很快沉沉入睡。

湄立慢慢強健起來。她生病時，說話總帶著虛弱容忍的腔調，聽了就不舒服。我喜歡她爽朗的笑聲，喜歡聽她快步穿行各廳房。現在，她可以在屋內到處走動，只是很容易疲倦。一碰到下雨天，或是卡朗山脈吹來的山風使夏夜轉涼，她就升起塔室的爐火，包在那條沒染色的褐色厚羊毛大披巾裡，縮在爐火邊坐著，那條大披巾是父親的母親生前為她織的。有一次，我陪母親坐在那兒，不假思索脫口而出：「自從去了足莫世系，妳一直覺得冷。」

「對呀，」她說：「真的，那是在足莫的最後一晚，我陪伴那個小女孩之後開始的。那次的經歷實在很奇怪，我好像沒跟你提過吧？黛娜下樓去制止兒子的爭吵，可憐的蝶丹累壞了，我叫她回房睡一會兒，由我留下陪華丹。那可憐的小女孩睡著了，但因為痙攣發作，好像隨時會醒來。所以我把燈熄了，就在她身旁打盹。過了一會兒，我覺得聽見有人在小聲說話或誦念什麼，像蜜蜂嗡嗡聲。我一時錯以為自己在德利水城的家鄉，我父親正在樓下主持禮拜。當時，我一定是差點睡著了。那聲音持續挺久，後來才慢慢消失，我這才明白我不是在家鄉，而是在足莫家。房裡的爐火差不多燒盡了，我冷得幾乎無法動彈，簡直冷到骨子裡去。那女孩像死了似的躺著。我嚇一大跳，趕快起身查看。但她仍然有呼吸。那時，黛娜進來，遞給我一枝蠟燭，好讓我拿著回房。而凱諾因為想找葩恩，所以出去了。房門關上時吹熄了蠟燭，壁爐也沒火。你剛好醒來，所以我同你坐在黑暗中，自己卻一直無法暖和起來。你一定記得這件事吧？接著我們騎馬回家，一整路我兩腿和雙手都像冰塊一樣。啊！歐睿，我真希望我們從來都沒有去足莫那兒！」

「我痛恨他們。」

「那些婦女倒是對我很好。」

「父親說，阿格怕我們。」

「我對他也有一樣的感覺。」湄立稍微抖了一下。

我把這段經過告訴桂蕊。除了對我自己都保密的事情外，我什麼事都告訴桂蕊。即使我不想問母親的事也能拿去問她：母親在小女孩房裡的那段時間，阿格．足莫可不可能也進去了？「父親說，足莫世系的人運用天賦是藉由字詞、咒語，再加上眼睛和手。說不定她當時聽見的嗡嗡聲……」

桂蕊非常不喜歡這個猜想，她不願接受：「為什麼足莫要對她施法，而不對你或凱諾？湄立又不可能傷害他！」

我想起凱諾行前說的：「穿妳那襲紅袍，好讓他瞧瞧他送給我的禮物。」而那就是傷害。但我實在不曉得怎麼把它說明白，只能對桂蕊說：「他痛恨我們全家。」

「她有沒有把那晚的事告訴你父親？」

「我不曉得。我不知道她是否認為那件事重要。妳知道的，她不……她不常想到天賦、力量這類東西。即使是現在，我甚至不知道她對我和我的野天賦作何感想。她知道我們為何把我雙眼蒙起來，但我不認為她相信……」我打住，因為不確定自己在說什麼，同時也感覺自己踩進了危險範圍。黑煤兒那時躺在我腳旁，我不自覺伸手探向黑煤兒長著茸茸捲毛的溫暖背部。可是，即便是黑煤兒，也無法在這黑暗中引導我。

「說不定你應該告訴凱諾。」桂蕊說。

「由母親告訴他會比較好。」

「但你卻告訴我了。」

「你不是凱諾。」我說。這是個明顯的事實，只是裡面包含一大堆沒說出口的含意。桂蕊明瞭那含意。

「我回去問葩恩，關於那種力量有沒有什麼可以做的……」

「不，別問。」告訴桂蕊還可以，但這件事假如傳得再遠，我就背叛了母親對我的信賴。

「我不會說我為什麼要問。」

「葩恩會知道為什麼。」

「說不定她已經知道了……你們到我們家那個晚上湄立昏倒了，母親對父親說：『他可能碰過她了。』我當時不明白她的意思。我以為她的意思是阿格意圖強暴湄立，因而傷了她。」

我們坐在那兒沉思。阿格對母親用了他的「慢耗」天賦。這想法儘管駭人，畢竟還不確定，也很難想出個眉目。我的腦子於是轉到別件事情上。

「自從去了足莫，母親就沒再提起安倫．貝晞的事。」桂蕊說，她指的是她母親，不是我母親。

「在寇迪世家，他們還在爭吵。雷多說，那是兄弟之間公開的宿怨。他們目前居住在領地兩個相對的角落，由於害怕變瞎或變聾，彼此都不會輕易進到對方的視線範圍內。」

「父親說，他們兄弟兩方都沒有完整的天賦，但他們的姊姊迺娜卻有。迺娜說，假如他們繼續吵下去，她會把兩方都變成啞巴，那樣的話，誰也沒辦法說出詛咒的話語。」桂蕊笑了，我也跟著笑。這種怪異的殘酷令我們都覺得有趣。由於葩恩不再提起要讓桂蕊與寇迪世系家的男孩訂婚，我忽然覺得輕鬆了。

「母親說，野天賦有時就是十分強大的天賦。往往需要花好幾年時間才能學會運用。」桂蕊聲音沙啞，她每次說到什麼重要事情都這樣。

我沒回應。不需要什麼回應。要是葩恩真相信我的天賦是強大的，而且最終可以掌控，那麼，她就等於是說總有一天我會是桂蕊的合適配偶。這對我們來說已經足夠。

「我想去梣樹溪的小徑走走。」我說，一躍起身。安坐閒談的確好，但去外頭騎馬更棒。現在，我整個人充滿希望和能量，因為智慧的葩恩．貝晞說了，我有一天能再運用我的雙眼，能娶桂蕊為妻，並且，假如阿格．足莫膽敢靠近克思領地，我能以一個注目毀滅他……

我們沿著楞樹溪騎馬。我請桂蕊在我們騎到那片被毀的山坡時跟我說一聲。我與她就在那兒勒馬，黑煤兒卻逕自向前跑。聽見桂蕊叫她回頭，她聽話回來，但低聲吠叫著。那叫聲很有說服力，因為她根本很少表達什麼。「黑煤兒不喜歡這裡。」桂蕊說。

我請她描述這個地方。她說，草漸漸長回來了，但看起來仍然很怪。「一片敗壞，東一塊西一團，加上沙土。所有東西都不成樣子。」

「混沌。」

「什麼是混沌？」

「母親講過世界初創的故事。最開始，東西四處漂浮，沒一個是有任何形狀或形式的。全是碎碎、屑屑、點點，連岩石或沙土都稱不上，只是散料。沒有形式或顏色，沒有地面或天空，沒有上和下，沒有南和北。沒有任何意義。沒有方向。沒有什麼是相互連結或相關的。當時並非黑暗，也非光亮，只是一團混亂。混沌。」

「然後發生了什麼事？」

「要是那些散料的點點滴滴沒有稍微這兒、那兒黏在一起，什麼也不會發生。就那樣，散料開始成形。起初只是沙土黏成的團塊，然後變成石頭。石頭互相磨擦，產生火花，或者說不定相互熔化，直到變成流動的水。火與水相遇，製造了水氣、霧氣、空氣——空氣就叫做『那靈』，能夠呼吸。於是，『那靈』收聚自己，吸氣而活，然後說話。它說出了將會存在的萬事萬物。它對塵土、火、水、空氣歌唱，唱活了各式各樣的產物，包括山脈河流的形狀、樹木的形狀，還有動物和人。只是，『那靈』自己全然無形，也未給自己命名，因此，它能留在每個地方，能留在所有事物裡面，與所有事物之間，能留在每一種關係和每一個方向裡。等萬物最終消解、混沌重返，那麼，如同在起初那個混沌中一樣，『那靈』又會存在於重返的那個混沌當中。」

過了一會兒，桂蕊問：「但是到那時候之前，它是沒辦法呼吸的？」

「除非等到一切重新發生，它才能呼吸。」

擴大了內容，交代了細節，回答了桂蕊的問題，我說的這些實在超出了母親所講的故事界線。我常常這樣。似乎對一個故事的神聖質地全無理性。要不然就是那些美妙的字詞生命對我而言都是神聖的，所以，只要我聆聽或講述它們，就造出一個世界，我可以進去那個世界東瞧西看、自由行動：那是我認識並且理解的世界，它有自己的規則，卻在我的控制之下，故事以外的世界則不在我掌控。置身於眼盲的單調與沉寂中，我越來越活在這些故事裡，經常回憶，請求母親講述，然後自己接續編下去，給它們形式，把它們講成了存在——如同「那靈」在混沌中之所為。

「你的天賦非常強大。」桂蕊沙啞著聲音說。

這時我才回神，想起了我們身在何處。把桂蕊帶到這裡來，我有些尷尬，彷彿是想讓她見識我發揮力量的結果。為什麼我會想要帶她來這裡？

「那棵樹，」我說：「當時有棵樹——」我脫口而出：「我把它錯當成是父親，我以為我——那時我甚至不知道自己注視著什麼——」

我再也說不下去了。我示意花妮繼續前進。我們於是離開那個破敗之地。過一會兒，桂蕊說：「又開始生長了，歐睿，野草和青草。我猜，『那靈』依然在裡面。」

第十三章

夏去秋來，同樣沒什麼值得一書的大事。我們聽說，自從那次去足莫世系回訪，阿格領主與他長子哈巴之間的爭吵越演越烈。從那次野豬狩獵開始的爭端如今惡化成了敵對。哈巴於是帶了妻子和部屬下山到里門世系居住。次子沙貝蟄居足莫家的石屋，儼然一派繼承者暨準領主的姿態。但沙貝與蝶丹的女兒華丹病了整個夏季，而且日遊漸惡化，從痙攣到抽搐到癱瘓，最後，連原有的那一點點心智也沒了。我們從一個巡遊補鍋匠的妻子那兒聽說了這些事情。補鍋匠之類的旅人真是出色又有用的小道消息傳遞者，他們能把一個領地的消息帶到另一個領地，最終遍布整個高地。我們都熱烈聆聽，只是，那個女人冷酷無情地詳述那孩子的病情，我聽了甚感嫌惡。我不想聽那些，我覺得自己對那女孩的慘境多少有些責任。

當我自問我怎麼可能有責任時，使在心靈之眼裡看見阿格．足莫的臉孔，鬆垮垮、皺巴巴，眼皮下垂，那是蝰蛇的凝視。

秋收期間，每天都需要所有的人手，所以桂蕊沒辦法經常來找我。她已經不需要為黑煤兒和我多做進一步的訓練了，因為現在，誠如母親所說，黑煤兒與我成為了一個有六條腿、嗅覺異常敏銳的男孩。

十月有一天，桂蕊騎了烈火來，黑煤兒與我展示完我們的新成果之後，一如往常，我們安頓下來聊天。我們討論到寇迪世系與足莫世系的爭吵，最後還睿智地下了結論：只要他們忙於自家人的內訌爭鬥，就比較不可能越過邊境來我們的領地侵犯、偷獵、竊盜。我們還提到華丹，桂蕊聽說，那孩子命在旦夕。

「你想，可不可能是阿格？」我問：「就是那個夜晚，母親在那兒作陪時聽見……他也可能用自己的力量對那女孩施咒。」

「不是對涓立？」

「也許不是。」我得出這個奇想已經有一段時間了，自認為挺有道理。但這時講出來，反而覺得不是那麼有道理了。

「為什麼他會對自己的孫女用『慢耗』？」

「因為她讓阿格覺得丟臉，所以希望她死。她是……」我彷彿聽見那混濁不清、薄弱無力的「好你，好你」。「……是個白痴。」我不避諱地說出來，想起那條叫邯達的小狗。

桂蕊沒說什麼。我覺得她有話想講，但發現自己無從表達。

「母親身體好多了，」我說：「她曾跟黑煤兒與我一路走到小峽谷。」

「很好。」桂蕊說。其實，不過六個月前，這對段路程對湄立根本不算什麼，那時候，她可以與我繼續再爬到高坡上的泉源，然後一路唱歌回家。這樣的昔日，桂蕊沒提，我也不願去想。但，即便我不願去想，事實還是在那兒。「告訴我，她現在看起來怎麼樣。」

桂蕊絕不會拒絕這樣的要求，只要我請她當我的眼睛，她總是竭盡全力幫我看。

「她瘦了。」她說。

這個我知道，因為常握她的手。

「看起來有些悲傷，但美麗如昔。」

「沒有看起來病懨懨？」

「沒有，只是瘦，而且疲乏，或是悲傷。失去那嬰孩……」

我點頭。過一會兒，我說：「她正在為我講一個很長的故事。是邯達故事裡的一部分，關於他朋友甌南。甌南發瘋，試圖殺邯達。我可以跟妳講其中一點點。」

「好哇！」桂蕊的語調聽起來十分滿足，而且我可以聽見她坐定準備聆聽。我伸手摸摸黑煤兒的背，把手擱在那兒。那觸摸等於我的錨，嵌進我看不見的真實世界，讓我可以啟航進入明燦生動的故事世界。

關於母親，我們沒說過任何悲慘的喪氣話，雖然沒說，我們其實就是在說她身體不好，沒有日漸好轉，而是慢慢惡化。這個我們都曉得。

母親也曉得。她雖然百思不解，仍耐心忍受。她盡力要恢復，也不信自己居然沒辦法做過去一向能做的許多事——連做一半都沒辦法。「這實在有夠蠢。」這是她說過最接近抱怨的話了。

父親也曉得。白天漸短，農務漸鬆，他在家時間比較長、也比較頻繁了，卻眼見湄立如此虛弱，容易疲倦，只吃一點點東西，越見削瘦。有那麼幾天，她只能坐在她塔室的爐火前，裹著那條褐色披巾，一邊顫抖一邊睡睡醒醒。「天氣又暖和起來時，我就會好了。」她會這麼說，父親會為她升火，並找尋其他可做的事——任何能為她做的事。「我能幫妳帶什麼東西來，湄立？」雖然我看不見父親的臉，卻能聽見他的聲音，那聲音裡的溫柔教我心抽痛。

我的蒙眼與母親的染病，在某方面倒是搭配得挺好：我們都有時間了，能沉浸於我們所愛的故事講述。而那些故事將我們帶離黑暗，帶離無用狀態導致的冰冷與沉悶厭倦。湄立的記憶力棒極了，只要她去探尋，總能找到她過去聽到或讀到一個又一個故事。假如忘了其中某部分，與我一樣，她就自由發揮，加以填補——即使是從神聖的文本和儀典中取材的故事也一樣。畢竟，在我們這兒，有誰會因此受驚嚇並大呼異端邪說呢？我對她說過，她是一口水井，放下水桶再拉上來時總是裝滿故事。聽我這說法，她笑了，並說：「我很想把水桶裡的故事寫些下來。」

我沒辦法親自為母親準備亞麻布和墨水，但可以交代瑞芭與蘇蘇兩位年輕女管家教她們製作。她們都很高興能為湄立做任何事。

這兩個女孩的克思血統來自她們的父親，但兩人都沒有這個血統的絲毫天賦。她們從她們的母親繼承了在這個家族裡的位置，那兩位母親與我的母親合作，很紮實地訓練了這兩個女孩。在湄立生病期間，兩個女孩接掌全部家務，根據湄立的標準管理這個家，而且一直盡力讓湄立的日常生活好過一點。她們心地溫暖，活力十足。瑞芭與阿羅已經訂了親，但兩人好像都不急於結婚。至於蘇蘇呢，她早就宣布，依她之見，家裡礙手礙腳的男人已經夠多了。

她們學會了把亞麻帆布展平，調合墨水。父親設計出一種床用桌，讓湄立可以坐在床上把她少女時代所學、至今仍記得的神聖故事和聖歌寫下來。有時她一天寫兩、三個小時。她沒說過為什麼要寫，也沒說過那是為我寫的。她沒說過，寫下來是因為她堅信，將來有一天，我能讀到她今天所寫的東西。她沒說過，她寫是因為知道自己可能沒辦法活著講那些故事了。碰到凱諾掛心地責怪她寫字傷身時，她只說，「寫下這些，我覺得少女時代所學的每樣事物才不會虛耗散失。我一邊寫，還可以一邊思考。」

所以，她上午寫，下午休息。傍晚時分，黑煤兒與我會進她房間——常常凱諾也一道。她就繼續講任何那陣子正在講的英雄故事，或者坎別洛國王在位時的故事。就這樣，在冬季的中心，在塔室內的壁爐邊，我們聽她說故事。

有時她會說：「歐睿，現在換你接著說吧。」她說，她想知道我是否記住了那些故事，是否能講得好。

往往都是她起頭。我結尾。有一天她說：「今天我沒精神講，由你說一個給我聽吧。」

「哪一個？」

「編一個。」

她怎麼知道我愛編故事、愛在腦子裡一路追隨那些故事，藉此度過漫長枯燥的時光？

「我想過邯達在阿爾加那段期間可能做了什麼，但都不在妳講的故事裡。」

「告訴我吧。」

「唔，在沙漠那裡，甌南告別了邯達之後，妳曉得，邯達必須獨自尋路……我想到，這時候他該有多麼口渴呀。遠遠近近，極目所見，全都是沙塵、沙漠，以及紅土山坡與谷地。沒有正在生長的東西，沒有春天的跡象。假如沒找到水，他會死在那兒。於是他開始行走，根據太陽的照射，他朝北去。理由無他，只因為北方是返回班卓門領地的途徑。他走了又走，走了又走，太陽猛烈照射他的頭和背，風沙吹進他的眼睛和鼻子，連呼吸都困難。風勢越來越強，開始旋繞，在前方形成一股龍捲風，並向他襲來，同時捲起地上的沙土，吹得好高。他沒有嘗試跑開，反而站定不動，兩臂高舉。龍捲風颳來，沙土害他又咳又嗆，卻將他抬到了空中，帶他越過沙漠。他一路被旋轉、被沙子嗆。最後，夕陽開始西下時，風止了。那陣龍捲風也漸漸減弱、平息，把邯達吹落在一座城市的城門。他的頭還暈旋著，因為太暈，他站不起來，而且被紅色塵土整個掩蓋住。他頭朝下伏在地上，拚命想探頭呼吸。幾名守衛瞥見他時，已是黃昏。其中一個守衛說：『有人掉了一只泥罐在那邊。』另一個守衛則說：『才不是泥罐，是一個塑像、雕像，一隻狗的雕像，必定是要送給國王的禮物。』於是，他們決定把那個雕塑帶進城……」

「繼續講，」湄立低聲說，我也就繼續。

然而，我來到這故事裡某個我不想穿越的地方：一片沙漠。然而卻沒有龍捲風來將我抬起，帶我越過這片沙漠。

我每天都往沙漠更深入一步。

有一天，母親推開帆布和墨水，說她太累了，將有一段時間無法再寫。有一天，她要求我講個故事，但我講時，她一直發抖打盹，沒聽故事內容，只聽著我的聲音，還說：「別停。」我心想，這樣只是讓她更難受，所以試著慢慢減低音量，以便她可以睡覺休息。「別停。」

你站在那片沙漠的邊緣，以為它可能很寬，以為大概要花上一個月時間才能越過。然而，兩個月過去，三個月，然後是四個月，每天都往沙漠更深入一步。瑞芭和蘇蘇都很好心，而且強壯。不過當湄立漸漸太虛弱而無法照料自己時，凱諾告訴她們，由他來照料她的一切需要。父親用最細緻的耐心照顧她、抱起她、清潔她、安撫她，想盡辦法讓她溫暖。前後兩個月時間，他很少離開那間塔室。大多數的時間，黑煤兒與我也在那裡，就算默默陪伴父親也好。夜晚，就由父親獨自看守。

白天，父親有時會睡著，他就睡在那張窄床，緊挨著母親身邊。母親儘管那麼虛弱，還是會低聲說：「躺下來，心愛的。你一定累了。給我溫暖。到披巾底下與我一起取暖。」他會躺在她身旁，抱緊她，而我則聆聽他們的呼吸。

五月了。一天上午，我坐在窗邊，感覺陽光照著雙手。鼻端嗅到春天花香，耳朵聽見輕風拂過嫩葉。凱諾抱起湄立，好讓蘇蘇更換床單。母親現在好輕，他可以像抱個小小孩似的抱起她。湄立突然尖聲慘叫，我不曉得發生什麼事。原來，母親骨頭變得太易碎，父親抱起她時，骨頭竟碎裂了，鎖骨和大腿骨像棍子般折斷。

父親將她放回床上，母親昏厥。蘇蘇急忙跑去外面求救。那麼多個月以來，凱諾頭一回屈服了。他蜷伏在床邊，整個臉埋在床單中，放聲慟哭，發出上氣不接下氣的可怕聲音。我縮在窗邊的座位裡聆聽他哭泣。

有人提出主意，用薄木條固定母親的四肢，免得走位，但父親不肯讓別人碰她。

次日，我到院子大門邊讓黑煤兒跑一跑時，聽見瑞芭叫我。黑煤兒與我快速應聲同去。

我們上樓去塔室，母親躺在一大堆枕頭中間，我俯身吻她時，察覺那條褐色舊披巾裹住她肩頭，她的手和臉頰寒冷如冰，但她仍回吻我。「歐睿，」她低語：「我想看你的雙眼。」她感覺到我不肯，又說：「都這種時候了，你不可能傷到我的，親愛的。」她耳語。

我依舊躊躇。

「照她的意思吧。」在床鋪另一側的凱諾說，他的聲音很輕，只要在這房裡，他一向是那樣輕聲說話。

於是，我鬆開蒙眼布，又將兩個眼蓋取下，試著睜開雙眼。起初我以為我無法睜開，還得用手指將眼皮往上推。等眼睛睜開，我卻什麼都看不見，只見一片閃爍刺眼得發疼的光，一團混亂的光芒、光之混沌。

然後，雙眼記起了它們的技藝，我於是見到了母親的面容。

「看，看，」她說：「這才對嘛。」她的雙眼望進我的雙眼。她那雙眼睛嵌在凹陷得不成形的臉孔、身軀以及糾結的黑髮中。「這才對嘛。」她又說一遍，相當堅強有力。「你幫我保管這個。」她的手打開，貓眼石與銀鏈子在她手中，但她沒力氣交給我，我伸手取過來，把銀鏈套上脖子。「恩努神，請諦聽並與我們同在。」她低語，然後闔上雙眼。

我抬頭看父親。他的表情悲傷呆滯，只稍微點了點頭。

我再一次親吻母親的面頰。然後，我把眼蓋放回原處，覆上蒙眼布。

黑煤兒拉一拉皮帶，我讓她帶我出房間。

那天日落後不久，母親辭世。

悲傷與眼盲相似，都很奇詭，你必須學著對它有所認識，才曉得怎麼辦。服喪時，我們尋求陪伴，但最初的淚水爆發過後、讚美之辭講完後、美好昔日追憶過後、哀嘆吐露完後，墓穴關閉之後，就沒人陪你悲傷了。從此你獨自承受重擔。如何承受，全賴自己。就我而言，情形大致如此。也許，對桂蕊、對家中和領地內的族人、對陪伴我的人而言，這樣說很不知感激，因為若沒有他們，我大概無從承受重擔，走過那黑暗的一年。

我在心中是這樣稱呼它的：黑暗的一年。

嘗試描述它就好像嘗試描述怎麼度過無眠的夜晚。什麼事也沒發生。先是想東想西，短暫入夢，然後又醒來，恐懼逼近又離去，念頭不肯變清晰，無意義的字句出沒於心，夢魘的恐懼擦身而過，時間彷彿靜止了。那是黑暗的，但什麼事也沒發生。凱諾與我並沒有陪伴彼此悲傷。我們不可能互相陪伴。我的失落，無論如何太早降臨、如何殘酷，本就是因著時間必然召致，但終能有所取代的失落。父親則不同，他的失落無從取代，人生的甜蜜已然消逝。

因為他孤孤單單被扔下，因為他責怪自己，所以他的傷痛是嚴酷的、狂怒的，找不到絲毫解脫。

湄立去世後，領地內有些人開始像害怕我一樣害怕凱諾。我是由於野天賦。而悲苦傷痛中的父親呢？——他有什麼事做不出來？我們是卡達的後嗣，而且，我們如今有正當的理由憤怒。克思世系內每一生靈都確確然然相信，是阿格·足莫殺害了湄立·甌里塔。她死於我們離開足莫世系後的一年零一天。完全不需要提起母親曾告訴我、我又告訴桂蕊的故事，在足莫世系最後一夜的低聲誦念和寒冷。我們沒有告訴任何人，我也一直不曉得母親有沒有告訴父親。凱諾或其他人只需要知道，母親去足莫時是個美麗閃耀的女人，返家後即病倒、流產，緩慢消耗至死。

凱諾是個強壯漢子，但過去幾個月對他的身心造成嚴重損傷，他已筋疲力盡。起初半個月，他拚命睡覺——在母親的房裡，她死時他抱著她的那張床上。他花好幾個鐘頭一個人待在裡面。瑞芭、蘇蘇與其他人都為他害怕、也害怕他。他們找我充當中間人。女人們說：「偷偷溜上樓去好嗎，去確定領主沒有需要任何東西。」阿羅和其他男人則說：「就上樓去，問領主要讓馬匹吃麥麩或燕麥？」因為慢灰罷食，他們很擔心他。黑煤兒與我登上被踏凹的石階，前往塔室。我鼓足勇氣敲門。他有時回應，有時沒回應。假如他有開門，聲音總是冰冷平板。「告訴他們我什麼也不需要。」他會這麼說。或者：「叫阿羅用用他的腦袋。」

然後又關上房門。

我很怕去不被需要的地方，可是，我對父親沒有具體強烈的畏懼，我知道他絕不會運用他的力量對付我，如同湄立生前也知道，我絕不會運用我的天賦對付她。當我想通了這一層，並改用這個角度思考，立刻全身一震！這根本無關乎相信與否，而是認知問題！我知道他不會傷害我，我知道自己不會傷害她，所以，去她跟前時，我可以取下蒙眼布。既然這樣，過去一整年我原是可以看見她的，原是可以照顧她的，原是可以對她有所用處，可以讀書給她聽，像我講那些蠢故事一樣啊！我原可以看見那張親愛的臉，並非只是一次，而是一整年，是一整年之久！

那想法帶給我的並非淚水，而是憤怒的浪濤。那憤怒想必與父親的感覺相似——無濟於事的憾恨，引致無淚的狂怒。

沒有人該為此受罰，除了我自己，或是他。

母親離世那個夜晚，我曾投入父親懷抱，他曾將我緊擁在胸前。從那之後，他幾乎沒再碰我，也很少對我說話。他把自己關在母親房內，冷漠麻木。他希望他的悲傷只屬於自己——我苦澀地想。

第十四章

整個春季，特諾與葩恩盡量抽出時間，從樂得領地往往返返來探看。特諾是個溫和的男子，喜歡追隨、不好領導。有個性情倔強的妻子，特諾不是很開心，但他從沒抱怨葩恩什麼。特諾始終尊敬父親，也誠摯喜愛母親，如今，他哀悼母親離世。六月末梢，特諾來我們家，上樓到塔室與父親長談。那天傍晚，父親終於下樓與特諾共進晚餐。自從那天起，父親沒再把自己鎖在塔室，也恢復了農務等日常責任，只是，他依舊在塔室過夜。他也開口對我說話了，但僵硬而吃力，宛如是出於責任所迫。而我對他的回應也一樣僵硬。

母親生病期間，我本來一直盼望葩恩或許知道什麼方法可以讓母親好轉。可惜，葩恩是狩獵人，不是治療師。在病房裡，她會不自在、不耐煩，派不上什麼用場。

為母親舉行喪葬儀式時，葩恩負責帶領輓歌，高山婦女依習俗在墳上啜泣號哭，那種嘶喊刺耳嚇人，宛如動物痛苦時發出的哀鳴，持續很久很久，教人難以忍受。黑煤兒抬起頭，與婦女們同聲哭號，渾身打顫。我也站在那兒渾身打顫，一邊與我的眼淚搏鬥。等儀式終於結束，我精疲力竭，但也獲得解放。凱諾在輓歌進行中從頭到尾靜立不動，宛如雨中一塊岩石，承受著那哭號。

湄立身故後不久，葩恩去了卡朗山脈。波瑞世系的人聽說她會召喚獵物，派人請她去協助。葩恩希望桂蕊同行，開始練習天賦。這是個難得的機會，能去到富有的高地人中間，並獲得名望。但桂蕊拒絕。葩恩很生氣。溫和的特諾只得再一次介入，告訴妻子說：「妳來妳去，隨妳高興。妳女兒也應該這樣。」葩恩儘管不滿意，倒還理解其中的公平性。所以，第二天她啟程時，沒帶桂蕊，也沒向任何人說再見。

小雄馬「烈火」經過完整的訓練後已經牽回寇迪世系了。所以桂蕊來看我們時，假如不是騎當天家裡剛好有空的犁田馬，就是徒步，當日來回的話算是相當漫長的路程。換做我一個人騎花妮，或與黑煤兒一起徒步，那路途對我而言也是太遠。何況，花妮漸漸年老，而慢灰的火爆脾氣雖然已經克服，他也是匹老馬了。布藍提正當雄壯的四歲，我們需要他當種馬，他也確實非常適合，只可惜老是有別的職責來干擾。我們的馬廄可真是勢單力薄。一天晚上，我鼓足勇氣向父親提起（我現在對父親說話總是得鼓起勇氣）：「我們應該再找一匹小雄馬。」

「我有在考慮，想問問大農貝晞，看他願意用什麼東西交換那匹灰牝馬。」

「她老了。如果我們找匹小雄馬或小雌馬回來，桂蕊可以訓練她。」

當你看不見說話者，他的沉默就成了一個謎。我等候著下文，不曉得凱諾是正在考慮我所說的話，或者是斷然否絕。

「我會找看看。」他說。

「阿羅說，考林家有一匹很可愛的小雌馬。他是從巡遊補鍋匠口中聽說的。」

這回，沉默延續。我等了一個月才得到回答。這回答是這樣來的：阿羅大聲叫我出去看那匹小雌馬。我自然是沒辦法看她，但可以過去摸摸她的毛皮，抓抓她的頭飾，再跨上馬鞍，在院子裡繞行。阿羅對她的舉態和美麗讚不絕口。他說小雌馬剛滿周歲，是一匹亮眼的紅棕馬，額上有星形白毛，所以取名為白星。「桂蕊可以來訓練她嗎？」我問。阿羅說：「噢，小雌馬得在樂得世系學習一年左右。她這位小姑娘對你父親或對我都太年幼了，是吧？」

那天晚上凱諾回家時，我想謝謝他。我想走過去以雙臂環抱他。但我擔心我會因看不到而絆倒，擔心自己動作笨拙，擔心他不希望我碰他。

所以我只說：「父親，今天我騎了那匹小雌馬。」他就說：「好。」然後向我道晚安，接著，我聽見他疲乏地踩上樓梯階級，前往塔室。

因此，那段黑暗期裡，桂蕊來找我時就騎白星。半個月來兩、三次或四次，有時更頻繁。

她每次來，我們就一起騎馬外出，她會告訴我她和白星都做了些什麼。桂蕊說，小雌馬像新鮮麵包那麼甜美，而且不大需要教她怎麼讓人騎乘。所以，白星之前都在學各種別緻的花招和把戲，學了以後，對訓練者和她自己都是一種炫耀。我們很少騎遠，因為花妮漸漸染患了風溼。騎完馬，我們就返回石屋。天氣暖的話，就坐在廚房花園裡；冷天或下雨天，就坐在大壁爐前的角落，一起閒聊。

母親過世第一年，有很多次我雖然很高興桂蕊來，卻說不出話。我無話可說，因為周圍有片空白、有片死寂，我無法以言語突破它們。

桂蕊會說一點話，近況講完，就與我一同陷入沉默。跟她默默無語坐著，與跟黑煤兒默默無語坐著同樣自在，我為這一點感激她。

那一年的事，我記住的不多。因為我已沉落到黑暗的空白裡。我沒什麼事可做。我僅有的用處就是無用。我永遠學不成怎麼運用我的恩賜——除了不運用它以外。我坐在石屋的廳堂裡，往來之人全都怕我，而那就是我當時的人生目的。這樣一來，還不如跟足莫家那個可憐的孩子一樣成個白痴算了。蒙眼期間，我是個怪物。

有一段時期，我常常一連幾天沒跟任何人講半句話。蘇蘇和瑞芭還有屋裡其他人都試著跟我說話，想逗我開心。他們從廚房拿來好吃的東西給我，瑞芭十分勇敢，要我做一些不需要眼睛的家務。我剛蒙眼時很樂意為她做那些家務，現在卻不了。每日將盡時，阿羅與父親一同回來，他們交談一會兒，那時我會默默與他們同坐。阿羅總試著想把我拉進交談，但我沒有加入。凱諾會僵硬地問我：「你還好嗎，歐睿？」或是「你今天騎馬了嗎？」我會回答：「是的。」

我心想，他一定和我一樣，對我們的疏遠感到苦惱痛心。我當時只曉得一味鑽牛角尖。就我們的天賦而言，他付的代價並沒有我多。整個冬天我都在計畫，要怎麼前往足莫，去到可以看見阿格的距離，然後毀滅他。當然，到時候我必須拿掉蒙眼布。我一次又一次想像著：天未亮就啟程，騎著布藍提，因為比較老的馬匹都不夠快，不夠壯。騎一天就會到足莫，先躲藏在某處直到夜晚，等候阿格出來。不，更好的方式是，我可以喬裝。足莫世系的人都只見過我蒙眼的樣子，而且如今我長高了一些，聲音也開始變低沉。我要穿農奴的斗篷，而不是外套和男短裙。那樣的話，他們就認不出我。我會把布藍提藏在森林中，因為大家會認出他。藏了馬之後，我就徒步閒晃，裝成從峽谷來遊玩的農家小孩，等候阿格出現：到時候，只要一個注目，一個字，等他們全體驚詫呆立時，我就脫身回森林，找到布藍提，策馬返家，告訴凱諾：「你不敢殺他，所以我做了。」

實際上我並沒有實行。我對自己說這故事時，深信它會發生；故事說完後，我就不那麼確信了。

由於太常跟自己講這個故事，這故事就像被穿破的衣服那樣被我講到壞掉，再也沒有半個故事可講。

那一年，我深深陷入那片黑暗中。

最後，在那片黑暗中的某處，我轉身了，雖然我並不知道自己正在轉身。那是混沌，沒有前後，沒有方向，但我轉身了。我選擇回頭的道路，朝向光明。黑煤兒是我在那片黑暗與靜默中的陪伴，桂蕊是我回頭沿途的嚮導。

有一次，我照舊坐在壁爐前的座位裡，桂蕊來了。爐裡沒有燃火，當時是五月或六月，只有廚房點著火。而壁爐前那個座位是我多數日子、多數時間所坐的地方。我聽見她來了，聽見白星的馬蹄踩在院子的輕響、聽見桂蕊說話的聲音、聽見蘇蘇與她打招呼，並說：「他在老位子。」然後，她的手靠過來，擱在我肩上。但這回，不只那樣。

她俯身親吻我的臉頰。

自從母親離世，沒人親吻過我，也幾乎沒人碰觸過我。桂蕊的碰觸有如閃電穿透雲層，流通我全身。由於震驚、也由於那親吻的甜蜜，我不禁屏住呼吸。

「灰燼王子。」桂蕊說。她身上有馬汗味和青草味，說話的聲音是樹葉間的輕風。她在我身旁坐下。「你記得那個故事嗎？」

我搖頭。

「啊，你一定記得。你記得所有故事。但這一個是很久以前的故事，我們很小的時候聽過。」

我依然沒說什麼。這沉默的習慣是舌頭上的鉛塊。她繼續說：「灰燼王子是睡在壁爐角落的男孩，因為他父母不給他床睡——」

「養父母。」

「對呀。他父母把他搞丟了。怎麼會有人搞丟小孩？他們一定非常粗心。」

「那一對父母，一個是國王，一個是皇后。女巫偷走他們的小孩。」

「對呀！灰燼王子到戶外玩耍時，女巫從森林出來，拿出一個又甜又熟的梨子，王子一咬那梨子，女巫就說：『啊，哈，黏下巴，你是我的了！』」桂蕊講到這裡，開心地笑了。「所以，大家就叫他『黏下巴』！但後來怎麼了呢？」

「女巫把他交給一對貧窮夫婦，他們已有六個小孩，並不想要第七個。但女巫給他們一個金塊，要他們收容那男孩，並撫養他長大。」雖然我已經十年沒想起這個故事，但它的語言、它話語的節奏，依然使這故事馬上進入我腦海。同時進入我腦海的，還有母親講這故事時的聲音起伏。「於是，他成了他們的農奴及僕人，隨招隨到，比如：『黏下巴，做這個！』『黏下巴，做那個！』他沒一刻自由，只有等夜深人靜，所有工作完成時，他才可以爬到壁爐角落，睡在溫暖的灰燼裡。」

我停下來。

「啊，歐睿，繼續講，」桂蕊低聲說。

於是我繼續講，講這個灰燼王子的故事，講到他最終如何進入他的王國。

故事說完後是一小陣靜默。桂蕊擤擤鼻子。「想想看，為一個童話故事傷心的感受。」

她說：「但這故事讓我想起湄立……黑煤兒，妳的腳爪是灰白色的呢。腳爪給我，對。」

接下去大概是在清潔吧，然後黑煤兒站起來用力甩動身體。「我們出去吧。」桂蕊說著，自己也站起來，但我仍坐著不動。

「來看看白星能做什麼嘛。」她哄著。

她說了「看」。我自己也經常因為懶得找其它更貼切、更精準的字詞，就這樣說了。但這一回，由於我內在有了一些變化，由於我已經轉身但不自知，我脫口道：「我看不見白星展示什麼。我什麼都看不見。我的眼睛沒有用處，桂蕊，回家去吧。妳來這裡很愚蠢，沒用的。」

短暫的停頓後，桂蕊說：「回不回去，我可以自己決定，歐睿。」

「那就決定啊。用用頭腦！」

「用用你自己的頭腦吧。頭腦一點錯也沒有，除非你不再使用它。這跟你的眼睛一模一樣！」

聽到這種話，狂怒在我內心爆開。過去我嘗試天賦時，也感受過這種熟悉、令人窒息的挫敗之怒。我伸手拿手杖——盲眼卡達的手杖——並且站起來。「出去，桂蕊，」我說：「在我還沒傷害妳之前，出去。」

「那麼，就拿下你的蒙眼布！」

狂怒驅使之下，我舉起手杖往桂蕊打去——瞎著打。那一擊只打中了空氣和黑暗。

黑煤兒發出尖銳警告的吠叫，我感覺她用力撲向我的膝蓋，阻擋我向前。

我彎腰撫摸她的頭。「沒事，黑煤兒。」我咕噥著，因為壓力與難堪而顫抖。

桂蕊在一段距離外說：「我去馬廄那兒，花妮有幾天沒有外出了，我想查看一下她的腿。假如你想騎馬，我們可以騎一騎。」說完隨即離去。

我用兩手抹抹臉。兩隻手和臉都感覺有砂。大概是把灰燼抹到臉上和頭髮裡去了。

我走到廚房洗槽那兒，把頭浸到水中，兩手洗一洗，要黑煤兒帶我去馬廄。我雙腿仍在發抖，當時的感覺想必就是很老很老的人會有的感覺。黑煤兒理解，所以她體貼我，走得比平常緩慢。

父親與阿羅騎那兩匹種馬外出了。馬廄成了花妮獨占的天下，她在那個可以自由躺下的高棚位裡。黑煤兒帶我去她那兒，桂蕊說：「摸摸看，這就是風溼。」她拉了我的手去摸馬兒的前腿，從跗關節和有力的細緻腿骨往上摸到膝蓋。我可以感覺關節有發燙的高熱。

「噢，花妮。」桂蕊說著，輕拍這匹老母馬，她哼哼鼻息，並且靠向桂蕊，就像每次拍她或幫她刷毛時那樣。

「不曉得我是不是可以騎她。」我說。

「我也不曉得，但她應該運動運動。」

「我可以牽她散步。」

「或許牽她散散步比較好，因為你比以前重多了。」

那是真的。這麼長時間沒動，而且，雖然自從我蒙眼以來食物一直沒什麼滋味或氣味，但我老是餓，而瑞芭和蘇蘇，還有廚房女僕既然不能幫我什麼忙，餵飽我就是她們可以盡力做的事。我的體重持續增加，而且快速長高，連半夜都感覺骨頭發疼。

我的頭經常撞到門楣，去年門楣可沒這麼低。

我把黑煤兒的皮帶繫在馬鞍上——現在做這種事的技巧我可嫻熟了——帶花妮出去。桂蕊牽白星到登馬階那兒，跨上了白星的無鞍馬背。我們於是出了庭院，往山裡的峽谷小徑爬上去。黑煤兒帶領我，我帶領花妮。我可以聽見在我後面的花妮腳步踩得多麼不平穩。

「就好像一直在苦哼『噢，噢，噢』一樣。」我說。

「是沒錯呀。」帶頭騎的桂蕊說。

「妳能聽見？」

「假如我連結成功的話，就可以。」

「你可以聽見我嗎？」

「不行。」

「為什麼不行？」

「我沒辦法連結。」

「為什麼沒辦法？」

「受話語妨礙的關係。話語……以及一切，都會造成妨礙。我能與很小的嬰兒連結——我們就是這樣知道女人是否懷孕，因為我們能連結。可是，等嬰兒長大成人，就變得無法觸及了。既無法召喚，也無法聽見。」

我們默默往前走。走得越遠，花妮好像越輕鬆。所以，我們就繞遠路，準備去梣樹溪的小徑。「到了那地方時，要告訴我它現在是什麼模樣。」

「這裡沒怎麼變，」經過那個破敗山坡時，桂蕊說：「又多長了一點點草，可是依舊『地如其名』。」

「混沌。那棵樹還在嗎？」

「只是一截殘幹。」

我們在那裡回頭。我說：「妳曉得的，奇怪的是，我甚至不記得我做了那件事。簡直就像我張開眼睛結果就變成那樣。」

「你的天賦難道不是這樣運作的？」

「不。怎麼會是把眼睛閉上！否則我現在有什麼理由非綁著這可惡的蒙眼布不可？因為蒙起來，我才沒辦法施展啊！」

「可是，因為是野天賦的關係，你當時沒打算出手——事情發生得太快——」

「我推測是那樣沒錯。」但我心想，當時我有打算出手。花妮與我緩慢前進，其餘的人、狗、馬在我們前面興高采烈。

「歐睿，抱歉我剛才要你拿掉蒙眼布。」

「抱歉我的手杖剛剛沒打中妳。」

她沒有笑，但我感覺好多了。

不是那一天，但並沒有過很久，桂蕊向我問起那些書。就是在秋季和冬季，湄立生病那段期間寫下的東西。她問我那些書在哪兒。

「在她房內的箱子裡。」我仍然珍惜地把那房間想成是母親的房間，雖然凱諾在裡面或坐或睡已有一年半了。

「不曉得我能不能讀？」

「妳是全高地唯一能讀的人。」我語帶苦澀地說。而今，我所有的話語都不時參有苦澀。

「我不曉得耶。文字總是那麼難，有些字母我到現在還記不牢……那些書，你倒是可以讀。」

「是啊，等到我取下蒙眼布，等到豬會飛。」

「歐睿，聽我說——」

「這倒是沒有問題。」

「你可以嘗試讀看看嘛。只要試一下，只要試其中一本，不看別的東西。」桂蕊的聲音變沙啞了。「假如只注視你母親所寫的，你不至於摧毀你所注目的一切東西！那些書是她特地為你寫的！」

桂蕊不曉得的是，母親離世前我曾見過她的臉。除了父親，這件事沒人知道。沒有人知道我所知的事：我絕不會傷害涓立。那麼現在，我會摧毀她留給我的遺物嗎？

我無從回答桂蕊。

我不曾答應父親不拿下蒙眼布。雖然沒有話語上的束縛，卻有一個束縛攔阻著我。雖然沒有必要，但那束縛一直攔著我。在母親活著的最後一年裡，它毫無理由地攔著我，使我看不見她，使我不能幫她什麼。然而，有那麼一個理由，就是我蒙眼對父親有用，使我成為他的武器，成為他可用來抵禦敵人的威脅。但是我就只忠於父親一個人嗎？

頗長一段時間，我沒辦法再進一步多想。桂蕊沒再提起，我也以為我把它拋開了。

可是，入秋以後，有一天我與父親一同在馬廄裡，我正在幫花妮的膝蓋搽藥，父親幫慢灰修一個老是給他製造困擾的馬蹄。我突然說：「父親，我想看看母親寫的那些書。」

「書？」他聽起來大惑不解。

「很久以前她幫我製作的一本書，還有她生病期間寫的幾本書。它們放在箱子裡，在她的塔室內。」

他默不作聲一下，才說：「它們對你有什麼用處？」

「我想要那些書，那是她為我製作的。」

「你想要的話，就去拿吧。」

「我會的。」我說。花妮後退，因為我正與憤怒交戰，把她疼痛的膝蓋抓得太緊了。我痛恨父親，他一點也不關心我，一點也不關心母親花費最後一絲心力完成的作品，他除了當克思世系的領主，並強迫每個人順從他的意志以外，什麼也不關心。

我幫花妮搽完藥，洗了雙手，逕自走向塔室。我知道他那時候不會在裡面。黑煤兒起勁地帶我上樓，彷彿期望在那兒見到湄立。塔室裡很涼，而且有一種被棄置的感覺。我摸索著尋找那個箱子，也伸手去找床鋪的擱腳臺。祖母織的那條褐色披巾摺起來放在擱腳臺上。母親垂危期間，若感覺冷，就圍著它。我曉得它摸起來的感覺，由自家紡的羊毛織成，粗獷的柔軟。我俯身，把臉埋進披巾，但它聞起來已沒有母親的氣味——我記憶中那淡淡的香氣。現在，那條披巾只有汗味和鹽味。

「黑煤兒，到窗戶那邊。」我說。我們好不容易找到那箱子。我掀開蓋子，摸到裡面一張一張亞麻帆布。分量很多，遠超過我一手能拿。我探手摸索那些硬挺的布，總算摸到那本裝幀的書，母親為我製作的第一本書，《雷涅王風雲史》。我把它拿出來，闔上箱蓋。黑煤兒領我出房間之前，我又一次摸摸那條披巾，內心升起一股奇異的痛。我沒有嘗試去理解那股痛。

當時我全心想的就是去拿那本書，以便擁有母親生前給我的、為我製作的、遺留給我的東西。那就夠了。我當時是那樣想的。拿到了書，我把它放在我房間的桌上。桌子上，物品各在其位，秩序井然，不曾亂過，我不准誰來碰桌上任何東西。放了書，我才去吃晚餐——與沉默的父親一起默默用餐。

吃完時，他問：「你找到那本書了嗎？」說到「書」那個字時，他有點遲疑。

我點點頭。突然起了一陣惡意的快感，在心裡嘲笑他：你不曉得那是什麼，你不知道拿它做什麼。你不會閱讀！

等到單獨在自己房裡時，我在桌旁坐了一會兒。然後，謹慎小心地鬆開蒙眼布，取下眼蓋。

只看見黑暗。

我差點大聲尖叫。我的心因恐懼而狂跳，我的頭暈眩。不曉得過了多久，我才回神，察覺前方有個布滿細微銀點的形狀，我正看著它——那是窗框，以及窗外的眾星斗。

畢竟，我房裡沒有燈火。我得去廚房拿打火石和鋼片，還有一個燈臺或蠟燭。但，假如我去要這些東西，廚房的人會怎麼說？等我漸漸習慣「看見」，我總算看出星光下的桌上那本書矩形的蒼白模樣。我伸手將它摸遍，同時留意看著投下影子的手部動作。這動作，以及「看」這動作，都帶給我無上的快樂，我一再重複。我抬頭往上望，看見秋夜的星辰，久久凝視它們，見到它們緩慢西移。這樣就夠了。

我將眼蓋覆上雙眼，小心綁好蒙眼布，脫下外衣，上床。

注視那本書和我的手時，我連一個片刻都沒想到我有可能把它們毀了。我這天賦很危險的想法，也一直沒有進入我心中。我的心始終只是充滿了「看見」的恩賜。是否，由於我看見了，就能摧毀天上星斗？

第十五章

好多天了，我把母親為我寫的那些書頁看個夠。現在，它們已經全部搬到我的房間，存放在一個有雕飾的盒子裡。每天清晨，曙光初露，公雞報曉，我就起床坐到桌前開始閱讀。我把蒙眼布拉到前額，以防萬一有人進我房間，可以隨時把它拉下來蓋住眼睛。我小心翼翼不看別處，只看那些寫了字的書頁，但，開始和結束閱讀時，我會抬頭望向窗戶，看著天空。我推論，展讀母親的著作以及仰望天光應該不可能造成任何傷害。

我特別小心不去注視黑煤兒。雖然那實在極為困難。我渴望看她。假如她在房裡，我知道不可能要眼睛不看她。而那想法真教我全身發冷。我試過兩手拱起，像杯子一樣蓋住雙眼，這樣就只能看見文字，但那實在不保險。所以我閉著雙眼，把可憐的黑煤兒關在房外。「待在這兒。」我在房外對她說，然後聽見她的尾巴輕輕拍打地面，表示會聽我的話。關上房門時，我感覺自己像個叛徒。拿出來閱讀的那些東西經常讓我不知如何是好，因為，那些亞麻書頁並沒有按順序收進箱子，我搬走它們時次序又更亂了。而且，母親想到什麼就寫什麼，所以往往是東一點、西一點的碎片與段落，沒有開頭結尾或任何說明文字。她著手撰寫之初倒是有些註記：「這是我祖母教我的〈恩努崇拜禱文〉，專供婦女使用」，或「〈有福的牟姆〉這個故事，我只知道這些」。其中有幾頁的開頭寫著：「贈吾兒，克思世系的歐睿」。比較早的書頁當中，有一個是寫德利水城創建的傳說，標題是：「德利水城暨克思世系之湄立．甌里塔之水桶之水滴，送給我親愛的兒子」。看得出來，字跡無力而潦草的那些是母親病情惡化時寫的，都沒有說明，也沒有其他相關片段。除了故事，母親還寫了些詩篇和歌詠，看起來都只是畫過紙張的難解線條，但只要我大聲讀出來，就如聽見了詩詠。有些比較晚寫的書頁，字跡非常難辨認。最後寫的那一頁放在箱子最上方，我讓它留在原位。那只有寥寥幾行淡淡的筆跡。我仍記得她當時說她太累，將會有一段時間不再書寫。

每次展讀完母親為我留下的這些珍貴禮物，經歷了閱讀的強烈愉悅後，我仍甘願讓黑暗再度覆上雙眼，讓一隻狗領我摸索著度過當天的其餘時間，我猜這應該頗不尋常吧。老實說，我不僅是甘願，我是有所準備。當瞎子是我能夠保衛克思世系的唯一方法，所以我當了瞎子。雖然我找到了補償的樂趣，感覺責任輕些，但責任畢竟是責任。

我知道發現這個補償的人不是我。起初，是桂蕊對我說：「你可以讀它們啊。」

現在，時序入秋，她在樂得世系幫忙秋收，不能常來找我。可是只要她一來，我就帶她到我房間，讓她看看那一整箱的書，並告訴她我開始閱讀了。

我以為她會很高興，但桂蕊似乎反而感到心煩意亂或難為情，只想趕快離開房間。當然，她一向比我敏銳，一遇危險就曉得跑。我們高地各領地的居民對女孩一點也不嚴格，要是在戶外或別人也可能到來的地方，男孩女孩一同騎馬、散步、交談，沒有人會覺得不得體。但是，一個十五歲女孩進到一個男孩的臥房，那就太超過了。要是讓瑞芭和蘇蘇看到，一定會嚴厲責罵我們。或者更糟，是被其他人——比如紡織女或廚娘幫手看到，很可能會開始講起各種八卦。等到我終於自己想到這種可能性，也感到臉紅。所以，我們不發一語，相偕走到戶外，起初對彼此仍然不自在，談馬匹談了半個鐘頭之後情況才好起來。

然後，我們才能討論我那陣子持續在閱讀的東西。我背誦《鷗醉叟》裡的歌詠給桂蕊聽，我為它心醉神迷，但桂蕊卻不覺得它有那麼好。桂蕊比較喜歡故事。我無法用言語向她說明白那些詩篇多麼令我神往。我一邊讀，會一邊嘗試理清楚它們是如何組織，這個字如何重現，這個音、這個韻腳怎麼重複，或這個節奏怎樣貫串這些字。當天，在黑暗中度過的其餘時間，這所有思緒會一直在我腦海徘徊。我會試著尋找合適的字詞放進我發現的句型，有時候效果不錯。這樣做的同時，我感到強烈、單純的快樂。那是持久的。只要想到這些單字、句型和詩篇，那種快樂就會重返。

那天桂蕊心情低落。下一回她來時，依然如是。十月雨季了，所以我們坐在壁爐靠煙囪的角落聊天。瑞芭給了我們一整盤燕麥餅，我慢慢咀嚼吞嚥時，桂蕊大半時間沉默坐著。終於，她開口說：「歐睿，你想，為什麼我們有天賦？」

「為了保衛族人。」

「我的天賦可不是呀。」

「對。但妳可以為族人狩獵，幫他們獵取食物，訓練動物替他們工作。」

「沒錯。但你的天賦，或你父親的天賦，是摧毀，是殺戮。」

「總得有人做這種事。」

「我知道。但你曉得嗎……我父親能用刀劍天賦把你手指裡的碎片取出來，能把你腳中的棘刺拔出來。俐落快速，只會流一滴血而已。他只要注目一看，它就出來了……還有迺娜．寇迪，她可以使人變聾變瞎，但你曉得她曾使一個聾男孩的耳朵復聽嗎？那男孩原本又聾又笨，只會對他母親打手勢，但現在，他的聽力已經好到能學著說話了。迺娜說，解除的途徑與使人變聾的途徑是一樣的，只不過一個向前、另一個向後。」

這話題很有意思，我們又多討論了一會兒，我不覺得它對我有多大意義，但桂蕊覺得很有意義。她說：「我真想知道，是否所有天賦都是向後的？」

「妳的意思是？」

「召喚就不是向後的。你可以向前或向後運用召喚天賦。但刀劍天賦，或者寇迪家的矇蔽天賦，它們大概是向後的。最開始，它們也許都是有用的天賦，用於醫治、用於療癒，後來才發覺它們也可以變成武器，就開始被當作武器使用，卻把原本的用途給忘了……甚至提柏世系的韁繩天賦也一樣，起初可能只是一種與人搭配的天賦，但後來他們反向運用，變成役使別人為他們工作。」

「摩各世系的天賦怎麼樣？」我問：「他們的天賦並不是一種武器。」

「對。它唯一的好處是用於找出人們患了什麼病，然後才知道怎麼治療。那種天賦沒辦法讓人生病。它只能向前。所以，摩各世家的人不得不離群索居。」

「是啊。但，有些天賦絕不會向前。黑華世系的『清除』怎麼說？我的天賦又怎麼說？」

「最開始可能是做為治療之用。假如有人身體出了什麼毛病，或者動物體內有哪裡失序，那些毛病就好像變成一個硬結，那麼，解開硬結就是一種天賦了。把那個硬結矯正，秩序就恢復了。」

對我來說，這段話彷彿一陣突如其來的鐘聲，敲響不同的可能性。我完全明瞭桂蕊要表達的意思。就好像我在腦海裡編寫的詩篇：原本混亂糾結的一堆字忽然變成一種模式、一片清晰，你可以清楚辨認：這就是了，這就對啦。

「但後來我們為什麼不再用於治療，而只用來使人的內在變成可怕的一團亂？」

「因為敵人太多了。不過，大概也因為沒辦法同時透過兩個途徑運用天賦吧。總不能同時向後又向前啊。」

從桂蕊的聲音推斷，我知道她正在說的事情對她而言非常重要，必定與她使用個人天賦有關，只是我不確定那個關連是什麼。

「唔，要是有誰能教我這天賦除了消解還能用來做什麼，我會試著學看看。」我不是很認真地說。

「你願意嗎？」可她卻是認真的。

「不願意。」我說：「等我先殺了阿格·足莫再說。」

她大大嘆口氣。

我把拳頭放下來，擱在壁爐座位的石頭上，「我會的，等我可以時，我會殺了那條肥蛭蛇！凱諾為什麼不行動？他在等什麼？等我嗎？他明知我不能——我不能掌控天賦——而他能。他怎麼可以安坐在家裡不去為母親復仇！」

我不曾在桂蕊面前說這種話，連對自己也不曾說過。我被說出口時突然冒出來的憤怒弄得熱燙。而她的回應卻是冰冷的。

「你希望你父親死掉？」

「我希望足莫死掉！」

「你知道阿格·足莫日夜出入都有保鑣跟著，那些保鑣全是配刀配劍的男人和十字弓射手。他兒子沙貝擁有他的天賦，而且有寇迪為他效勞。他們全體族人隨時留意克思世系每個人的動靜。你要凱諾大步走去那兒被殺掉？」

「不——」

「你不覺得他會暗著來——那不就是阿格．足莫的行事作風嗎？偷偷摸摸趁黑潛行？你認為凱諾會這麼做嗎？」

「不。」我說著，兩手抱頭。

「父親說，他已經擔心兩年了，他深怕凱諾一躍上馬就騎到足莫家把阿格．足莫殺了——如同多年前他騎馬去杜奈鎮。只不過，這一回將是單槍匹馬。」

我無話可說。我知道為何凱諾一直不行動：族人需要他保護，我也需要他。過了許久，桂蕊說：「也許你無法向前運用天賦，只能向後。但我可以向前運用我的天賦。」

「妳很幸運。」

「對啊。」她說：「雖然母親不那麼認為。」她突然起身，說：「黑煤兒！來散個步吧。」

「妳剛才說妳母親不認為是什麼意思？」

「我意思是說，她要我隨她回波瑞世系，因為他們有冬季狩獵。要是我不肯隨她去，趁機學習狩獵召喚，她說，我最好趕快找個丈夫。因為如果我不肯運用我的天賦，就不能指望樂得世系的族人繼續供養我。」

「但——特諾怎麼說？」

「父親很苦惱很擔心但也不希望我違逆母親……而且他不懂我為什麼不想當領主。」我可以推斷黑煤兒正站定，耐著心，準備出發散步——這是剛才說好的。所以我也站起來。我們一同出門，走進下著毛毛雨但沒有風的空氣中。

「為什麼妳不想當領主？」我問。

「快別傻了，原因都在螞蟻群那個故事裡呀！」她邁入雨中。黑煤兒拉著我跟隨桂蕊。

這對話讓人困擾，我一知半解。桂蕊有煩惱，我卻幫不上忙。至於她提到要找個丈夫的事，也教我不知如何是好。由於我蒙起雙眼，所以，對於之前在瀑布上方那塊岩石上說的誓言，彼此就沒再多說什麼。我不能逼著她堅守誓言，更何況，又有什麼必要呢？單單我的狀況就足以取消所有約束。沒錯，我們已經十五歲，但也沒必要急忙著手任何事情，甚至沒有必要去談論。我們對彼此的了解就已經足夠。在高山地區，策略性的訂婚雖然可能早做安排，但很少有人在二十幾歲之前完婚。我告訴自己，葩恩只是在威脅桂蕊。不過，我卻感覺那個威脅如影隨形，揮之不去。

桂蕊針對天賦所發表的高見在我聽來有點道理，但那似乎僅僅是理論，除了她自己的召喚天賦。她說她的天賦可以向前也可以向後。所謂「向後」，她的意思是召喚野獸來被獵殺。而所謂「向前」，則是指與家族飼養的禽畜相互合作：馴馬啦、指揮牛啦、訓練狗啦，以及醫治和療傷等。尊崇相互間的「信任」，而非背叛。她是這樣看待天賦的。假如她確實如此，那麼，葩恩不可能使她動搖。沒有什麼能動搖桂蕊。

只不過，一般人確實是把訓練動物以及馴馬這類事當作任何人都能學習的技術。樂得世系的天賦是為狩獵而召喚。假如桂蕊不運用這天賦，她就不可能——如同葩恩的見解——在樂得世系或別的領地當領主，因為桂蕊沒有尊崇她的天賦，反而背叛了它。

那我呢？不運用我的天賦，拒絕它、不信任它——我也算是背叛天賦嗎？

那年，那黑暗的一年就這這樣過去了。好的是，現在每天破曉時分有段光明的時刻。那個「跑路男」在早冬時節來到克思世系。

他不知道自己和死亡擦肩而過。他從西邊進入我們領地，就是我們遇見蝰蛇的牧羊場。按照往例，凱諾有空就會騎馬去足莫世系與寇迪世系毗鄰的邊境巡視。凱諾說，那天，他看見那傢伙翻過石牆，偷偷摸摸往山上爬。凱諾調轉布藍提，宛如獵鷹瞄準老鼠，從山坡朝他俯衝而去。「那時我已經伸出左手，」他說：「我認定他是偷羊賊，不然就是來搶『銀牛』。不知道是什麼止住了我的左手。」

無論是什麼原因，反正，凱諾並沒有在當時就地毀滅葉門，反而勒住馬匹，問他是誰？在做什麼？也許，即使只是那一瞥的瞬間，凱諾便看出這男人不是我們的人，不是足莫世系來的偷牛賊，也不是峽谷來的偷羊賊，而是個外來客。

又或許，凱諾一聽葉門說話，那一口柔和的平地腔立刻軟化了他的心。不管怎樣，他接受了那男人的說辭，他說他從岱納來，嚴重迷路，正在尋找一個可以過夜的農舍，或許還能找到點工作。十二月寒冷的雨霧籠罩群山，那男人卻沒穿保暖外套，只有一件單薄的外袍、還有一條幾乎不起作用的圍巾。

凱諾將他帶到看守銀牛的老婦與他兒子的農舍，並告訴那男人，假如他願意，翌晨可以上山到石屋來，說不定石屋能有一點工作讓他做。

先前我都沒提到銀牛。足莫世系的竊賊偷走兩頭小母牛，剩下孤單的那隻就是銀牛。現今，她已長成為全高山地區最漂亮的母牛。阿羅與父親一同帶她去樂得世系，與特諾的白公牛交配，沿途她獲得大家盛讚。第一次交配，她產下雙胞胎小牛，一公一母。第二次產下雙胞胎小母牛。牧場那個老婦和她兒子掛懷自己疏於照顧銀牛的姊妹，所以把銀牛當成公主一般照顧，用他們自己的生命緊緊看守她，為她刷身，刷那層奶白色的表皮，還拿最好的東西餵她。每逢有人路過，他們總是拚命對人稱讚這頭牛。

後來，她漸漸被喚做「那頭銀牛」，凱諾夢想的牛群從此有了美好的開始——多虧了她和她姊妹的小牛。由於她在老婦的農舍成長，凱諾就將她帶回那兒，但一等她的小牛們斷奶，凱諾就把他們全部帶到高牧場放牧，讓他所夢想的牛群遠離那個危險的邊界地帶。

就在第二天，那個平地來的流浪漢出現在石屋。既然凱諾禮貌地招呼他，大家也就毫不起疑地接納他、給他食物，還找到一件舊外套讓他保暖，聽他說話。每個人都很高興冬天裡有個新客人到來，可以聽他天南地北。「他說起話好像我們親愛的湄立。」瑞芭低語，一邊紅了眼眶。我並不想哭，但我確實喜歡聽他說話。

一年當中的那個時候，真的沒有工作需要額外的幫手，不過，高地人的傳統是這樣的，我們得收容有需要的陌生人。提供工作只是做為藉口，使其保留自尊——只要從任何跡象都看不出那人屬於你交惡中的領地就好，不過，假如是那種狀況，對方很可能早已死在你領地的邊陲了。葉門完全不懂馬匹、牛羊或任何農務，這可以清清楚楚看出來，不過，清理馬具是任何人都做得來的差事。所以，他被安排負責清理馬具，他也真的有時間就去做清理馬具的工作。保留其自尊不是太大問題。

多數時候，他都跟我或加上桂蕊一起坐在大壁爐前的角落。婦女們在大廳另一頭紡紗，輕聲哼歌。我說過我們怎麼閒聊、他怎麼為我們帶來樂趣，而樂趣只因他來自的地方，那些使我們苦惱的事根本沒有意義。而且，他也不會問那些讓我們煩心的問題。

當我們聊到我蒙起的雙眼，我告訴他是父親蒙的。葉門出於謹言慎行，並沒有多問。那就好比高地人俗話說的：感覺搖晃就知道是沼塘啦。不過，他與家裡的其他人閒聊時，他們告訴他少年歐睿的眼睛被蒙起來是因為他擁有野天賦，而那種力量可能會摧毀他面前的任何人事物——無論他是否有那個意圖。我確定，他們一定也向他說到了盲眼卡達，以及凱諾當年突襲杜奈的事蹟，說不定，連母親怎麼離世都講到了。這些他八成都不相信。不過我可以理解，他多半認為這都是無知鄉民的迷信，徒然給自己製造恐懼，編那些巫術魔法的說辭，也只是自己嚇自己。

葉門喜歡桂蕊和我。他有點同情我們的遭遇，而且他知道，我們相當重視他的陪伴。我猜想，他認為自己可以對我們有所助益，像是啟發我們吧。我說過，是父親封了我的雙眼，但是，一直把雙眼蒙住的人是我自己，他知道這一點時大為驚訝。「你對自己做這樣的事？」他說：「歐睿，你真是個瘋子。你哪會帶來什麼傷害？就算你盯住一隻蒼蠅一整天，也不至於傷到牠！」

他是成年男子，我是少年男孩；他是個竊賊，我是誠實人；他見過世面，我則尚未；但是，我比他更清楚邪惡。「我的身體裡潛藏著危險。」我說。

「唔，絕大多數人身上多少都有一點危險，因此，最好是讓它有個出口，承認它，而不要在黑暗中孵育它、讓它化膿，是吧？」

他的建言是好意，但在我聽來則是冒犯和痛苦兼而有之。由於不想做出尖銳的回應，我於是站起來，叫黑煤兒一同走到戶外。我離開時，聽見葉門對桂蕊說：「啊，這個時候他簡直就是他父親啦！」我不知道桂蕊回他什麼，但那之後，他再也沒有針對我的蒙眼提供什麼建言。

我們之間最安全、最有有得聊的主題是馴馬和說故事。葉門對馬匹所知不多，但他在平地各城市見識過良駒駿馬。他說，那些訓練有素的馬匹沒有一匹及得上我們馬廄的這些，連老花妮和慢灰都比不上，更別提白星。天氣不大壞時，我們外出，桂蕊會展現白星與她一同練出來的各種花招和步法，而那些我都只能從桂蕊的描述中得知。我聽見葉門大聲讚賞推崇，一邊努力想像桂蕊和小雌馬的模樣——我一直還沒見過這匹小雌馬。其實，連桂蕊現在變成什麼樣貌我也還沒見過。

有時候，我聽葉門對桂蕊說話時，察覺他的聲調有點異樣：多了一點點溫柔和討好，幾乎要接近甜言蜜語。他對桂蕊說話時大多像是成年人對小女孩，但有時候聽起來倒像成年男子在對成年女子說話。但那並沒有讓葉門有多少進展。因為桂蕊一概以女孩的身分回應，聲音粗啞坦然。她喜歡葉門，但對他並沒有額外遐想。

碰到下雨、颳風，或陣雪橫掃山丘時，我們就窩在煙囪那個角落。由於葉門不是陳述平地生活的好手，所以，可談的話題漸漸減少。有一天，桂蕊要我講個故事。

她喜歡聽《先邯故事集》裡的英雄故事，我於是講了邯達和他朋友甌南的故事。講完時，被聽眾聆聽的熱切之情所誘——連紡織婦女也停止哼唱，有的甚至暫停紡錘，專心聽起故事來。於是我於是繼續講，從雷涅神廟的聖典中摘取一首詩來講，那是母親為我寫下的。其中有些她記不得的空白，我就用自己的話語填補，但依然保留詩裡複雜的韻律。每次我展讀這首詩，它的語言總是讓我心情激昂。而今，對大家講出來時我完全被它占據，它也透過我而歌唱。講完時，我生平頭一次聽見「沉默」。對表演者來說，這是最甜美的報償。

「諸神在上。」葉門敬畏地說。

紡織婦女那邊傳來窩心的低聲讚賞。

「你怎麼會知道那個故事？那首詩歌？啊，當然，是你母親……不過，全是她告訴你的嗎？你背了下來？」

「她為我把它寫下來。」我不假思索地回答。

「寫下來？你會閱讀？但可不是蒙著眼吧！」

「我會閱讀，但不是蒙著眼讀。」

「真是了不起的記性！」

「記憶是瞎子的眼睛。」我說道，內心帶著某種惡意。因為我突然覺得自己很會說話，而且由於原本的防衛差不多都已經卸下，現在我採取攻勢。

「你母親教你閱讀？」

「教桂蕊和我。」

「但在山區這裡你們有什麼可讀？我沒看到半本書哇。」

「她生前幫我們寫了一些。」

「諸神在上。嘿，我倒是有一本書，那是……人家給的，在山下的城裡時。我放在背包裡一路帶著，心想它也許有些價值，但可不是在山上這裡，對吧？不過，對你們而言也許有價值。來，我去拿。」他很快回來，將一個小盒子放在我手中，小盒子的厚度還不到一個手指關節長，盒蓋很容易打開，裡面沒有多餘空間，我摸到像絲布的表面，絲布表面的底下有更多布頁，其中一個邊釘了起來，如同母親為我製作的那本書，每一頁都細緻輕薄，但頗硬挺，翻頁容易。手觸之物令我驚嘆，我的眼睛渴望看它，但我把書本還給葉門。「念一點吧。」我說。

「來，桂蕊，妳念。」葉門說得倒快。

我聽見桂蕊翻動書頁，她才拼出幾個字就放棄了。「這本書的字看起來與湄立寫的那些很不一樣。」她說：「字小又黑，上下直線比較多，而且所有字母看起來都好像。」

「這是印刷的。」葉門很有見識地說，但，當我想了解那是什麼意思時，他卻說不出個所以然。「教士們做的。」他模模糊糊地說明。「他們有好幾個輪子，像榨酒那種，你曉得……」

桂蕊為我描述那本書：外層是皮，可能是小牛皮，附加發亮的裝飾，四邊印了捲曲的金葉。而書背——就是書頁合釘起來的地方有更多金葉，並且印了紅色的字。每一頁的頁緣都是金色。「它非常、非常美，」她說：「必定很珍貴。」

她將書本交還給葉門——我是聽了葉門說的話才知道的。「不，這送給妳和歐睿。既然你們能閱讀，就讀吧。要是你們現在沒辦法讀，也許哪天能遇上會讀的人，人家說不定把你們當成大學者呢！是吧？」他爽朗地笑了。我們謝過他，他又將那本書放進我手中。我拿在手裡，心想它真的是個珍貴的東西。

清晨，在最早、最灰的天光下，我看見了這本書，看見金葉子，也看見書背印了紅色的「轉化」二字。我打開它，見到紙張（我還是把它們當成細緻得不得了的布）。書名頁上，卷曲的字母又粗、又大、又漂亮，內頁裡小小的黑色印刷字細得像螞蟻，爬過每張白白的書頁……像螞蟻一樣密密麻麻。先前在棼樹溪上方山路旁，我看到一個蟻丘，螞蟻進進出出忙著日常工作。當時，我用手勢、注目、言語、意志攻擊牠們。可是，牠們依然爬來爬去、東忙西忙，我閉上雙眼……我閉上雙眼，再打開。那本書擱在我前面，書頁翻開。我讀了其中一行字：「他在心中默默背棄舊誓。」是詩，詩中有個故事。我慢慢翻到第一頁，開始閱讀。

黑煤兒在我腳邊換個姿勢，抬頭看我，我也垂眼看她。我見到一隻中型狗，毛絨絨的外表，但耳朵和臉部的毛非常細短，長鼻子，高額頭，深棕色的雙眼清澈熱切，直直望進我的眼睛。

因為太過熱切期望看到這本書，我竟然忘了在拿下蒙眼布之前先叫她到房間外待著。

她站起來，還是直直凝望我的雙眼。雖然猝不及防，但由於她生性十分尊貴且盡責，所以除了繼續投以熱切、困惑、誠懇的凝視，她沒有其他表示。

「黑煤兒，」我顫抖地喚她，伸手到她鼻前，她嗅一嗅，是我沒錯。

我跪下來擁抱她。我們不常展現感情，但她把前額貼在我胸前，我們就這樣依偎了一會兒。

我說：「黑煤兒，我絕不會傷害妳。」

她曉得。但她注視著房門，彷彿在告訴我，雖然在這兒快樂得多，但她願意去外面等候——既然那是我倆由來已久的習慣。

我說：「待在這兒。」於是，她就臥在椅子旁，而我重回書本上。

第十六章

之後沒多久，葉門就離開了。雖然，凱諾的待客之道不容許家人在禮貌上有任何疏失，但可以看出我們對葉門的歡迎程度越來越淡薄。而實際上，冬末春初的石屋生活本就淡薄：母雞不下蛋、沒有肉牛可宰，香腸和火腿也省著吃。我們大多仰賴燕麥粥和蘋果乾。每天只有一頓豪華的肉類，即是在雨水池或樗樹溪捕捉的新鮮鱒魚、鮭魚，或是這兩種的煙燻魚。閒聊間，聽我們提到卡朗山脈那些富有的大領地，葉門可能暗忖，到那邊去也許就能吃好一點。我希望他順利抵達，我希望，那邊的人不會對葉門運用他們的天賦。

離開之前，葉門曾正經八百對桂蕊和我說過一段話。像他那樣心思輕率、手腳不乾淨的人，說那段話算是夠嚴肅了。他說，我們應該離開高山地區。「你們在這裡能做什麼呢？」他說：「桂蕊，妳不肯遵照妳母親的心意，把野獸召喚出來給人獵殺，因此大家認定妳沒用。至於歐睿，你一直繫著那條糟糕透頂的蒙眼布，因而也成了沒用的人，農場上任何工作你都做不了。但是，假如你們下山到平地去，桂蕊帶著母馬，讓她表演各種招數，那麼，妳想在哪個馬主人手下或馬廄找工作都不成問題。而歐睿你呢，以你牢記故事和歌謠的本事，以及自己編造故事和歌謠的本事，不管去到哪個城市鄉填，都是很有價值的技藝。山下的人喜歡聚集起來聆聽說書人和歌手表演，酬勞相當不錯。有的富人甚至把他們延攬到家裡長住，以便對外炫耀。再說，假如你必須一輩子蒙住雙眼，好得很，有些詩人和歌手也是瞎子。話說回來，如果我是你，我會張開雙眼，把手伸出去看看，看看一手之遙的距離有什麼好東西。」說完他笑了。

他在一個燦爛的四月天啟程往北。不用說，他當然是快活地揮手道別，身上穿著凱諾送給他的溫暖外套，揹了他的舊包包，裡頭有從我們家廚房摸走的兩隻銀匙、以及瑞芭視為寶物的河金鑲碧玉別針，還有從馬廄設備當中拿走的鑲銀馬鞍。

「他一直沒好好把馬具清理乾淨。」凱諾說著，但沒有很強烈的憎惡。收容一個竊賊，難免遺失點什麼，可也不知道或許能得到什麼。

葉門與我們相處的幾個月裡，桂蕊和我不像以前那樣完全坦誠交談。有幾件事我們就一直沒提到。冬季向來是等待、懸置的時節。而今，我們保留在心中的事物在一瞬冒出。

我說：「桂蕊，我見過黑煤兒了。」

一聽見自己的名字，黑煤兒的尾巴往地面輕輕拍了一下。

「那天，我忘了先帶她到房外，結果一低頭就看見她在旁邊，她也看見我在看她。所以……從那之後……我就沒再把她放到房門外去了。」

桂蕊聽我講完，想了很久才說：「那麼，你認為……那是安全的？」

「我不知道我怎麼認為。」

桂蕊沉默不語，深思著。

「我認為，我……我的天賦出問題時，就是我無法掌控我的天賦時，我一直嘗試運用我的力量。我拚命試，卻沒辦法。我當時不僅生氣，也感到丟臉。可是父親不停催促我、催促我，而我一直嘗試，卻只是越來越生氣，越來越覺得丟臉，直到力量爆發出來，變得不受控制。所以，如果我不要嘗試使用天賦，或許……就不會有事。」

桂蕊繼續深思我的話。「但你殺那條蝰蛇時——並沒有想要用你的天賦吧？」

「我有。我日夜擔憂，深怕自己沒有天賦。不管怎樣，那條蝰蛇真是我殺的嗎？這個疑問我想了不下千百遍。我有攻擊牠，阿羅有攻擊牠，父親也有攻擊牠。差不多是同時出手。結果，阿羅認為是我殺的，因為我是頭一個見到牠的人。可是父親——」

我沒往下講。

「他希望殺蝰蛇的人是你？」

「可能吧。」

過一會兒，我說：「可能他希望我認為殺蝰蛇的人是我吧。好讓我對自己漸漸產生信心……我不曉得。但我那時候有告訴他我做了該做的步驟，但是感覺好像沒有做任何事。而且，我曾試著要他告訴我他運用天賦時是什麼情況，他卻說不出來。可是，當力量穿過你時你一定是知道的！你一定會知道！比如我寫詩，如果那股力量進到我裡面，我就是知道。我曉得那情況！然而，我照父親教我的，試著運用天賦的力量，運用注目、手勢，再加上語言和意志，卻什麼都沒發生，什麼都沒有！我從來沒有感覺到那股力量。」

「即使……即使是在梣樹溪旁？」

我猶豫了一下。「我不知道。」我說：「那時候我好生氣——對自己生氣，也對父親生氣。當時感覺很奇怪。宛如遭遇一場暴風雨，置身一陣狂風中。我努力攻擊，可是什麼都沒發生。後來起了那陣風，我張開雙眼，左手仍舊指著，卻看見那整片山坡正在凋萎、消散、變黑——而且，我以為父親就站在前面，在我左手指著的地方，而他也正在縮小、乾枯。後來才知道我前面是那棵樹。父親是站在我後面。」

「那隻狗，」一會兒，桂蕊低聲說：「邯達。」

「當時我騎在布藍提背上，邯達向他衝過來時，布藍提非常不安。我只知道我努力安撫深受擾動的布藍提，不讓他後退。假如當時我真有注視那隻狗，我自己可能也不知道。而父親當時是在我後面，他騎著慢灰。」

我突然陷入沉默。

我舉起雙手，彷彿要覆蓋雙眼，但其實雙眼仍被蒙眼布覆蓋著。

桂蕊說：「有可能……」然後打住。

「有可能都是父親，每一次都是。」

「不過……」

「我知道。我一直都知道。但我不敢說出來。我必須——我必須相信那是我，必須相信我擁有天賦，必須相信那些事都是我做的。是我殺了蝰蛇，是我殺了那隻狗，是我製造了『混沌』。我必須那樣相信。我必須那樣相信其他人才會相信，大家才會怕我，才會遠離克思世系的邊境！那不就是這天賦的益處嗎？那不就是它的功用嗎？那不就是身為領主該為族人做的事嗎？」

「歐睿。」桂蕊打斷我。

她低聲問：「凱諾為什麼相信？」

「我不知道。」

「他相信你擁有天賦，野天賦，即使——」

但我打斷她的話：「他相信嗎？或者，他當時就曉得那是他的天賦、他的力量，而他只是利用我，因為我並沒有天賦？我無力摧毀任何事物、任何人。所以我全部的用處就是當個怪物，當個稻草人，嚇嚇其他世系的人，讓他們遠離克思世系！遠離盲眼歐睿，因為他如果不蒙眼就會摧毀看到的一切！可是並沒有。桂蕊，我不會那樣，我不會摧毀我看到的一切，我做不到！我見過母親，她垂危時我見過她一面。我見到她了，但我沒有傷害到她。還有——那些書——還有黑煤兒——」我說不下去了。

黑暗歲月裡沒有哭出來的眼淚這時一湧而出。我把頭埋進臂彎裡，痛哭起來。我的一側是黑煤兒，她緊貼我的腿；另一側是桂蕊，她的手臂環繞我肩膀。

我放聲大哭。

當天我們沒有再多談。那陣痛哭耗盡了我全部力氣。道別時，桂蕊輕輕在我頭髮上一吻。然後，我叫黑煤兒帶我回房。進到房裡，我感覺蒙眼布熱熱的，整個溼透，壓住我雙眼。我把它拿下來，溼眼蓋也一起取下。那是四月的一個下午，三年未見的金色光線照進房內，我木然呆望那光線良久，然後到床上躺著，閉上雙眼，再次潛入黑暗。

第二天快中午時，桂蕊來看我。那時我蒙著眼站在甬道上，讓黑煤兒自己跑一跑，我聽見白星的輕蹄踩著石地。

我們回到廚房花園，往距離石屋有段距離的果園走去。我們坐在一棵老樹的樹幹上，那樹幹正等著樵夫幾時有空來鋸開。

「歐睿，你是否想過……你可能並沒有天賦？」

「我知道我沒有。」

「那麼，我要請你看看我。」桂蕊說。

躊躇老半天，我終於抬手，解開蒙眼布。我先低頭注視雙手，光線讓我眼花了一陣子，地面滿布光影，一切都好明亮，而且移動著、閃耀著。我抬眼望向桂蕊。她個子高高的，瘦長的棕色臉蛋，薄薄的寬嘴，彎月眉底下是一雙黑眼，眼白十分清澈。她的頭髮烏黑發亮，厚厚地垂著，沒有綁起來。我向她伸出雙手，她亦握住。我把臉埋進她手裡。「妳真美。」我對著她的手低語。

她俯身親吻我的頭髮，然後坐直，表情嚴肅堅定，卻很柔和。

「歐睿，」她說：「我們接下來要怎麼辦？」

我說：「我要看著妳一整年，然後娶妳。」

她嚇一大跳，頭往後仰，笑了起來。「好！」她說：「好！但現在呢？」

「什麼現在？」

「我們要怎麼辦？假如我不願意運用我的天賦，而你……」

「沒有天賦可運用。」

「那我們變成什麼人了？」

我無法輕鬆以對。

「我必須跟父親談談。」我終於說。

「暫且緩一緩好了。我父親今天與我一起騎馬出門就是要來見他。母親昨天從峽谷那邊回來了。她說阿格．足莫與他長子言和，但現在換成與次子爭吵。而且有謠傳說，阿格正計畫一次突襲，可能攻打樂得世系或克思世系，以期奪回白牛，他說，那是凱諾三年前從他們世系偷走的。也就是說，他準備突襲我們的牛群或你們的牛群。來這裡的路上，父親與我遇見阿羅，他們此刻在你們領地北邊，正商討如何因應。」

「我要怎麼配合他們的計畫？」

「我不知道。」

「嚇不了烏鴉的稻草人有什麼用？」

但是，她帶來的消息儘管惡劣，卻不至使我的心緒變為黑暗。能夠看見她，能夠看見陽光灑在老蘋果樹稀稀疏疏綻放的花朵上、灑在遠方山脈的山坡上，此時此刻，再怎麼壞的消息也不能讓我的心情蒙上陰影。

「我必須與他談談。」我重複道：「看結果如何再說。現在我們可以散散步吧？」

我們起身。黑煤兒也跟著起身，她的頭偏向一側，帶著憂慮的表情，像在問：那我又要怎麼配合你們？

「妳跟我們一起走，黑煤兒。」我告訴她，一邊解開她的皮帶。我們一起爬上峽谷，沿湍急的小溪散步，每一步路都歡喜快樂。

桂蕊及時離去，以便趕在天黑前回到樂得世系。凱諾直到天黑之後才回到家。通常，假如他在外面工作到這麼晚，途中都會在領地內的某戶農家歇腳，他們會歡迎他，並且強留他吃晚餐，順便與他談談農務上的狀況與煩憂。蒙眼之前，我曾與父親同行過幾回。最近幾年，他總是早出晚歸，比以往騎得更遠，工作也更加賣力，他過高的自我要求把自己累壞了。所以我知道，他返家時一定很疲倦，加上聽說了阿格．足莫的消息，情緒肯定比之前更加陰鬱可怕。不過，我自己的心反而無所畏懼。

我在自己房間裡，不曉得凱諾已經回家，而且上樓去了。因為夜晚已漸漸轉涼，我在壁爐燃了火，還從廚房偷來一根蠟燭，用爐火點著，開始大膽展讀德寧士寫的《轉化》。

等到全家都安靜下來，婦女們大概也已離開廚房，我覆上蒙眼布，要黑煤兒帶我去塔室。

對於我一會兒瞎、一會兒能看的情況，這隻可憐的小狗到底作何想法，我不清楚，但身為一條狗，她只會問需要實際答案的問題。

我敲敲塔室的房門，沒聽見回應。我拿下蒙眼布，看著房內。壁爐架上有一盞冒煙的油燈，發出微弱光線。壁爐沒有火光，而且有陰溼的氣味，好像已經很久不曾燃火了。這房間冷冷的，而且孤寂淒涼。凱諾和衣躺在床上沉睡，大概從躺下後就沒再動過。他身上僅蓋著母親遺留的褐色披巾。他拉開披巾橫過身軀，一手緊捏著垂在胸前的流蘇。我又感到一陣心痛，與之前在擱腳臺上發現那條披巾時感到的心痛一模一樣。但此刻，我無法同情他，因為我是來算帳的。算一筆我沒有勇氣寬宥的帳。

「父親，」我說，接著叫他名字：「凱諾！」

他驚醒，起身倚著一隻手肘，另一隻手舉起來遮擋油燈光線，他茫然地瞪著我。

「歐睿？」

我向前一點，好讓他可以清楚看見我。

由於他太過疲倦，而且先前已經入睡，所以原本處於半昏迷狀態，還得揉揉雙眼、咬咬嘴唇才能回復知覺；他再次抬頭看我，不解地問：「你的蒙眼布呢？」

「我不會傷害你的，父親。」

「我不曾想過你會傷害我。」他說，語調強了些，但依然是不解的口氣。「你不曾想過我會傷害你？這麼說來，你不曾懼怕我的野天賦？」

他在床緣坐好，搖搖頭，搔搔頭髮，最後才又抬頭看我。「有什麼事嗎，歐睿？」

「有什麼事？父親，那件事情就是：我不曾有過野天賦。我有嗎？我根本不曾有過任何天賦。我不曾消解那條蛇、或那隻狗、或任何事物。消解的人是你。」

「你在說什麼？」

「我說你誘導我相信自己擁有天賦，卻沒辦法掌控，這麼一來你才能因此利用我，你才不至於因為我沒有半點天賦而丟臉，因為我讓你的血統蒙羞，因為我是『老繭』的兒子。」

這時，他站了起來，但什麼都沒說，依然大惑不解地呆望著我。

「假如我擁有天賦，你不覺得我現在會用嗎？你不覺得我會讓你瞧瞧我有多厲害、能毀滅多少東西嗎？問題在我沒有天賦。你沒有把天賦傳給我。你給我的，你曾給我的一切就是瞎眼整整三年！」

「一個『老繭』的兒子？」他不可置信地喃喃說道。

「你以為我不愛母親嗎？而你卻不讓我見她——整整一年——我只見了一次——就是她命在旦夕之際。只因為你必須保守你的謊言、你的計謀、你的欺騙！」

「我從沒騙過你，」他說：「我以為——」他沒繼續往下說。他依舊太驚訝、太震撼了，顧不到生氣。

「在楞樹溪旁——你相信那是我做的？」

「對。」他說：「我沒有那麼大的力量。」

「是你做的！你明知道是！之前你就在楞樹灌木叢弄出一道界線。你在杜奈殺過人，你擁有天賦，你擁有消解的天賦！而我沒有。我從來就沒有。你用計騙我，也許你也騙了你自己，因為你無法忍受親生兒子並非你寄望的樣子。但我不知道，我也不在乎了。我只知道你再也不能利用我了。不管是眼明或眼瞎，都不能利用我了。眼睛不是你的，它們是我的。我不會讓你的謊言繼續欺騙我，我不會讓你的恥辱繼續羞辱我。既然覺得我這個兒子不夠好，你找別人當你兒子吧。」

「歐睿。」他說，彷彿想跟空氣搏鬥。

「喏。」我把蒙眼布扔到他面前的地板上，甩上房門，沿著迴梯飛奔下樓。被搞糊塗的黑煤兒緊追在我後頭，一邊狂吠——那是警告的叫聲。她在樓梯底追上我，用牙齒咬住我短裙的下襬。我伸手到她背部，撫摸她的軟毛，讓她平靜下來。她又低嗥了一聲，隨我進了房間。我關上房門，她隨即伏臥在房門前。我不確定她是在幫我守衛，不讓別人擅闖進來，或是想攔阻我，不讓我再出去外面。

我讓爐火燒旺一點，重新點亮蠟燭，在桌邊坐下。書本攤開在桌上。那個出色詩人寫的書，歡樂與安慰之寶庫。但我讀不下去。我奪回了兩隻眼睛，然而要拿它們做什麼呢？它們有什麼用？我又有什麼用？桂蕊曾經問：我們變成什麼人了？假如我不是父親的兒子，那麼，我是誰？

第十七章

第二天一早，我走出房間，進入大廳，沒蒙眼。如同我之前憂慮的一樣，婦女們尖叫跑開。不過瑞芭沒跑走，她立定在原地，用顫抖的聲音說：「歐睿，你這樣會嚇壞廚房那幾個女孩。」

「沒什麼好害怕的。」我說：「妳們在怕什麼呢？我沒有能力傷害妳們。妳們害怕阿羅嗎？他的天賦比我還多啊！去告訴大家，別慌，趕快回來吧。」

這時，凱諾從與塔室相連的階梯走下來，悲涼地看著我和瑞芭。

「瑞芭，他剛剛說了，妳們不需要怕他，」他說：「妳們必須如同我一樣信賴他所說的話。」他吃力地說：「歐睿，昨晚我沒能告訴你一件事：特諾認為，他的白牛群正面臨足莫世系的威脅。所以，今天我要與他一同到他們領地邊境一帶巡騎。」

「我可以一起去。」我說。

起先他拿不定主意，駐立原地。後來，目光依舊悲涼的他對我說：「隨你的意思吧。」

廚房的人給了我們麵包和乳酪，我們塞進口袋，以便邊騎馬邊吃。除了盲眼卡達的手杖以外，我沒有半樣武器，而騎馬的時候實在不方便拿那根手杖。所以，凱諾丟給我一把他的長獵刀。我們出門時，我將手杖掛在前廳，就在它以往懸掛的位置。凱諾騎布藍提，我騎慢灰，因為花妮從三月起就牽到家族小牧場去放牧了。阿羅在前院和我們碰頭，父親要求他好好看守家裡，持續察看，並且盡可能聚集男丁，如果真遇上攻擊，可以及時協助他。阿羅瞧我一眼，趕忙看向別處，倒是沒有詢問我關於蒙眼布的事。

凱諾與我啟程，快速策馬前往樂得世系，或者說，以年老的慢灰能走的步調而言還不算太慢。一路上，我們倆都不言不語。

好幾種力量重回我身上，我真是高興極了。我可以坐在馬背上，不必擔心掉下來；我可以望著明亮的世界隨著馬步向後倒退；我可以揩拭風吹引起的眼淚，這些都令我無比歡喜。我們騎著馬，要去守衛朋友的領地，說不定是騎向危險，但這才像個男人。我騎在一個勇敢男人旁——我知道他是勇敢的。男人能有多勇敢，他就有多勇敢。他騎那匹漂亮的紅馬，坐得挺直自在，雙眼直視前方。

我們騎到樂得世系的西南邊境，在靠近我們領地邊境的地方與特諾會合。天未亮時，特諾就已經到那兒了。昨天夜裡，一個農民的男孩帶話給他，農奴或農民之間一個傳一個得來的消息。有一隊騎士正穿越杰勒世系，沿著他們所謂的「森林小徑」。朝我們的方向過來。

特諾及與他同行其他的男人都看著我，但他們和阿羅一樣沒問什麼問題。無疑，他們都以為（或者都希望），我已經學會運用我的天賦了。

「說不定艾洛老頭看見足莫世系的人擅闖他的領地，已經把他們扭絞成螺絲錐了。」特諾故作幽默。凱諾沒應答，只有為了確認特諾的指示時，他才開口說話。他雖然保持警戒，但態度疏遠，彷彿有某種幻影占據了他的心思。

我們總共有八個人，另外還有四個可能從我們邊境的農地過來協助。特諾的計畫是：大家散開，但保持在聽得見彼此呼叫的距離，持續守望。足莫的人馬最可能進入的幾個點由特諾和凱諾站崗守衛。只帶刀子或獵野豬專用長矛的我們，負責防守側翼，掩護他們。拿長弓的射手負責兩側尾端。

於是，我們分散到長草的泥濘山谷和零星小樹林邊的小山丘一帶。我左邊是特諾的一個農民，右邊是凱諾。大夥兒保持彼此可以相望的距離。這對我而言很容易，因為我分配到的位置在一個小山丘，視野很好，看得到兩側以及幾處小樹林。特諾的位置在凱諾再過去的隆起小丘，所以，我多半也可以看見他。太陽已高高升起，但天氣灰暗陰涼，不時飄灑陣雨。我下馬，讓慢灰休息並吃點草，我則站著看顧南、西、北三個方向。我正在看著哪！用我的雙眼！我是有用的人，不是沒用的笨蛋，不是只能讓一個女孩和一條小狗帶領的瞎子！如果沒有天賦怎麼辦？我有視力，有憤怒，還有一把刀。

時間推移。我吃下最後一口麵包和乳酪，真希望自己帶了兩倍的量——或是三倍。時間推移。我覺得睏了，也覺得好蠢，這樣和一匹老馬一起站在小山丘上，等候空無。時間推移。太陽已在往山丘後方下沉的半路上。我來回踱步，一邊朗誦《轉化》開頭的幾段詩以及母親抄寫的宗教詩詠，一邊巴望有任何可吃的東西。

我左側山腳下那個農民，那個穿黑外套的小人影早已坐在草叢，他的馬匹也在吃著草。我右側，小樹林邊那個穿黑外套的小人影就是父親，他仍高坐在那匹紅馬背上，來來回回，在樹林進進出出。我看見幾個小人影混在樹木之間，徒步走向父親。

我瞇起眼睛細看他們，眨眨眼，然後用最大的音量高喊：「凱諾！你前面！」我跑向慢灰，他嚇得躲開我，害我無法握住轡繩。後來，我勉強躍上馬背，調轉馬頭往山下跑，踢他加快速度。

這時我看不見凱諾，也看不見剛才瞧見的那批人了——我真的有看見他們嗎？慢灰又滑又絆地下山，這山丘對他而言太陡峭。等我們終於下到平坦的地方，四周都是泥塘和沼澤，前方不見半個人。我策馬往樹叢跑去，終於到了比較乾爽的地面。我剛發覺慢灰左上腿跛了時，也發現前方的樹木間站了一個人。那人手上有十字弓，而且正在快速拉開，目光對準我的右側。我大叫著騎馬朝那人衝去。我騎的這匹老種馬不曾受過作戰訓練，竟然偏向一側、閃避前方的人，不過，馬匹儘管不靈活，那人還是被馬後蹄擊倒在地。慢灰擊倒對方後繼續快跑進入樹林。我們經過地面上的某樣東西——是一個被消解的男人，活像顆被剖開的甜瓜。然後又經過另一個男人，他身穿黑外套，宛如一堆垃圾般癱在地上。慢灰跛足跑出小樹林，又回到空曠處。

我看見父親在我前方不遠處，正掉轉布藍提，好再次面向小樹林。他伸著舉高的左手，臉上燃燒著怒火與喜悅。但表情很快就變了，他朝我看了一會兒，我不知道他是否看見我。接著，他上身向前彎倒，從馬鞍向著側前方滑出去。我以為他這些動作是有意的，正感到納悶不解。訓練有素的布藍提卻仍站立。我聽見左後方有人在喊叫，但我只顧騎馬奔向父親。我滑下馬背，衝向父親。他躺在布蘭提旁的沼澤草地上，肩胛骨間插著一枝弩箭。

特諾趕到，他的其餘族人和我們有個族人也趕到了，全部圍著我們父子，高聲議論著。有幾個人快跑進樹林，特諾在我旁邊跪下，扶起父親的頭，說：「噢，凱諾！凱諾！天啊，噢不，不該這樣的，不！」

我問：「阿格死了嗎？」

「不曉得。」特諾說：「我不知道。」他環顧四周。「去找人來這裡幫忙。」他說。

仍有幾個人在喊叫。其中一個人跑向我們，大喊：「是他，是他！」布藍提嘶鳴著向後退，抗議這場混亂。「那條蝰蛇，那條肥蝰蛇，他爆裂開了，死了，被消解了！他那個混蛋偷牛賊兒子就在他身旁！」

我站起來走向慢灰，他跛足而立，避免把重心放在左前腿。我將他牽向布藍提，這樣才能同時牽住兩匹馬。

「我們可以把他抬到小種馬背上嗎？」我問。

特諾抬頭望我，還是一臉困惑。

「我要帶他回家。」我說：「我們可以把他抬到小種馬背上嗎？」

仍有喊叫聲傳來，而且還有人跑來跑去。最後，有人抬來一塊厚木板，那塊厚木板本來架在一條小溪上當人行橋。大家把凱諾抬到木板上，就這樣一路抬著爬上漫長的山路，向樂得世系走去。他們讓他平躺著，因為弩箭穿過他胸膛，向前突出足足一英尺長。我走在他身旁，他面容平靜安穩。而我不想闔上他的雙眼。

第十八章

克思世系的墓園位在石屋南邊一處山腰上，遙望頁恩山的土色斜坡。我們把凱諾埋葬在湄立近旁。他下葬前，我特別將湄立那條褐色披巾放在他遺體周身。為他主持哀悼式的人不是葩恩，而是桂蕊。

與之前的野豬狩獵相同，阿格這回的突襲也是一次失當的安排：人馬分開兩隊，一隊在杰勒世系迷路，最後從我們邊境冒出。他們並沒有大肆破壞，只放火燒了一個穀倉，就被我們的農民趕走。阿格與哈巴原本一直待在森林小徑，帶著十個人，其中五個是弓箭手。凱諾殺了阿格、阿格的兒子，還有一個弓箭手，其餘人馬竄逃而去。樂得世系的一個農民追趕他們，跑得過遠，進入了樹林，對方回過頭對付他，雖然他用野豬長矛擊傷一個對手，最後還是被撂倒。所以，這場突襲一共死了五個人。

過了一段時間，足莫世系的人傳話來，說黛娜和她兒子沙貝希望終止宿怨，請求克思世系按照凱諾生前答應的送他們一頭白色小公牛，做為達成協議的象徵。他們讓信差帶來一頭不錯的花毛小雄馬。我們這邊派一群人送小白牛去足莫世系時，我也騎馬同去。

見到我曾經下榻卻沒實際看見的屋子房間，見到我只曾聽過聲音卻沒實際見到的人，感覺很奇怪。不過，這次沒有什麼事情觸動我，我只是交差了事，就回家了。

我將那匹花毛小雄馬送給阿羅，開始改騎布藍提。因為之前那場守衛戰，慢灰衝下山時前腿扭傷過度，已無法復元，所以我把他送去家族牧場，與花妮一起自由放牧。我差不多每天都帶滿滿一鍋的燕麥去看他們。他們很高興能有朋友作伴，我常發現他們像多數馬匹那樣側靠側站立，鼻子搔著肚腹，尾巴不時掃動，驅趕五月蠅。我喜歡看他們那樣。

不管徒步或騎馬，黑煤兒總跟著我跑，沒繫皮帶，自由自在。

依高山地區的傳統，如家中有人身故，半年內不賣東西、不分財產、不嫁娶、不做重大決定或變動。在那段時間內，一切幾乎照舊；等那段時間過後，才解決該解決的事。那是一種不壞的傳統。所以，當時只需要處理與足莫世系的議和，其他都沒事。

阿羅取代父親的位置，負責監督管理領地，我則取代阿羅的位置，當他的助手。然而他本人並不是這麼看的。他自認為是在協助領主的兒子監督管理。可是，知道什麼事該做、也曉得怎麼做的人是他。我已經三年什麼都沒做，而這三年之前又還只是個孩子。阿羅清楚這些族人、這塊土地、這些動物。我什麼都不清楚。

現在桂蕊不騎馬來克思世系，換成我騎馬去樂得世系，半個月兩次或三次，去那兒與她和特諾一同坐坐——假如葩恩在家，也和葩恩坐坐。每次，特諾都用力緊緊擁抱我，並叫我「兒子」。他一向深愛、敬佩凱諾，凱諾身故，他很悲傷，所以就拿我頂替了父親的位置。葩恩和以前一樣，總是忙著，而且話很少。桂蕊與我也很少單獨交談。她一向溫和，但沉默寡言。我們偶爾騎馬外出，讓兩匹年輕的馬兒在山上跑一跑。她騎白星，我騎布藍提。

那年夏天，天候不錯，所以秋收很好。十月中，收穫已入倉。我騎馬去樂得世系，問桂蕊願不願與我一同騎馬。她出來，替那匹漂亮活躍的母馬放好馬鞍，我們在金色陽光中騎往峽谷。

到了瀑布池，我們讓馬匹在池邊仍青翠的草地吃草，我和她坐在水邊有陽光的岩石上。黑柳樹的細枝在瀑布揚起的微風中擺動。那隻三音符的小鳥卻沉寂了。

「桂蕊，婚期就要到了。」我說：「但我不曉得該怎麼辦。」

「的確。」她同意。

「妳想留在這兒嗎？」

「在樂得世系？」

「或是在克思世系。」

一會兒過後，她才說：「有別的地方嗎？」

「唔，我心中的想法是這樣：克思世系沒有領主了，阿羅就是管理領地的人。他說不定會把領地併入樂得世系，那樣就可以受妳父親保護。我認為那樣對他們雙方都合適。阿羅下個月要與瑞芭結婚，他們應該擁有克思世系的石屋。說不定，他們會生下一個具有天賦的兒子……」

「要是領地合併，你可以與我們同住在這兒。」桂蕊說。

「是可以。」

「你希望那樣嗎？」

「妳希望我那樣嗎？」

她沉默不語。

「我們在這裡要做什麼呢？」

「和現在一樣。」過了一會兒，她才說。

「妳願意離開嗎？」

大聲說出這句話比我原先預期的要難。這句話單去想就已經夠奇怪，說出口又比想著它更奇怪。

「離開嗎？」

「去平地。」

她沒說什麼。目光越過波光粼粼的水面，極目望向遠方。

「葉門雖然偷走銀匙，但可能也留下了真話。我們所能做的在這裡都沒有用處，可是在山下平地那邊，說不定……」

「我們能做的。」她重複我的話。

「我們各自都有天賦，桂蕊。」

她瞥我一眼，點點頭。徐緩、深沉地點頭。

「說不定，在德利水城，我還有祖父或祖母呢。」

她睜大雙眼注視我。她從沒這麼想過，所以吃驚得笑了出來。「什麼，你有祖父母！那麼到了那兒後，你就走進去說：『我來囉，你們的巫民孫子來囉！』啊，歐睿，那也太奇怪了！」

「他們大概也會那樣覺得吧。」我把掛在脖子那條鏈子上的小貓眼石拿出來給桂蕊看。「不過，我倒是有這個為憑。母親生前只告訴我……反正我很想要去就是了。」

「你想要？」她兩眼閃亮起來。但她思考了一下，才說：「你想，我們能養活自己嗎？像葉門所說的那樣生活嗎？看來我們的確得那樣過日子。」

「嗯，我們可以試看看。」

「假如不成，到時候就會置身在陌生人和奇怪的人當中喲。」

高地人都有一種巨大的恐懼：害怕陷入陌生人之間。可是，要去哪兒才不是處在陌生人之中呢？

「妳負責訓練他們的小馬，我來給他們講詩。假如我們不喜歡當地人，可以繼續向前。假如我們都不喜歡他們，還可以回家來。」

「我們說不定會去到海岸邊那麼遠。」桂蕊說，這時，她的目光越過陽光和擺動的垂柳，望向非常遙遠的地方。然後，她吹起三個音符，那隻鳥啁啾回應。

我們離開時是四月。好了，我要把我們的故事留在那兒：群山之下那條向南的路上，一個年輕男子騎一匹高大紅馬，一個年輕女子騎一匹紅棕色母馬，一隻黑狗在他們前面奔跑。他們身後，是全世界最漂亮的奶牛，安詳地跟隨著。她就是那頭「銀牛」，是我的領地送給我的結婚禮物。這似乎不是什麼很實際的禮物，但葩恩提醒我們，等我們需要錢時，這隻奶牛可以在杜奈賣到好價錢。那裡的人說不定還記得克思世系的白牛。我說：「也許，他們還會想起以前他們給了凱諾什麼禮物呢。」桂蕊接著說：「到時候他們就會知道，你正是那個禮物的禮物。」

譯後記

「what『is』」

——勒瑰恩詮釋《道德經》，對翻譯及人生的啟示

譯者／蔡美玲

人法地　People follow earth,
地法天　earth follows heaven,
天法道　heaven follows the Way,
道法自然　the Way follows what is.

（老子《道德經》二十五章末節，勒瑰恩的英譯版）

本書作者勒瑰恩不諳中文，卻從二十幾歲開始著手英譯老子的《道德經》（見上例），斷續進行，直到一九九七年出版問世時，她已將近七十歲了。勒瑰恩在版本說明中表示，該

譯作參酌了至少八大譯家的書，並意外獲得一份寶貴助力才完成。寶貴的助力來自北卡羅萊那大學中文教授J. P. Seaton，她永遠感激，並說那是自己「不配得」的好運，而好運乃因追隨「道」而來。

勒瑰恩說，很多學者翻譯道德經，著重在理性意義，他們專注於把意義收納入網，因而把經句之美漏掉了。她個人採取「詩意（poetical）」的美感風格，希望捕捉那個恆在對我們靈魂說話的嗓音，提供給有心聆聽這獨特發聲的讀者，當然，對象主要是歐美人士。不過，她特別指出，這本英文版道德經不是翻譯，而是詮釋——她的詮釋不只展現於經句中，還在附註裡寫下個人許多所思所感。勒瑰恩希望，透過她的詮釋，英語世界的讀者能明白為何好多人深愛這本古代遺著，愛了兩千五百年。

勒瑰恩說，她與道德經已經相處一輩子了，因為她很幸運，幼年時代就在家裡的書架發現了《道德經》。那本道德經是她父親的藏書，由美國知名哲學家Paul Carus翻譯，一八九八出版。勒瑰恩的父親還在世時，不但經常翻閱（她父親也常讀《中庸》和各類文學作品），晚年更為某些章節做了標記，盼望在葬禮中朗誦——後來，兒女們確實在追思會中完成父親的願望。勒瑰恩說，現在，換成她自己也在那本超過百齡的舊書上作記號，希望日後在自己的葬禮中朗誦。勒瑰恩讚賞《道德經》，說它是世上所有玄深的靈思泉源裡面，最精純、最深妙的一個。本文起首分享老子的名章名句，其中，「道法自然」的「自然」，勒瑰恩詮釋為「what『is』」，實在是筆到意到神也到的「神來之筆」。

談及神來之筆，不免聯想起聖經「出埃及記」，摩西請上帝賜知名字，祂當下及永恆的答案，如假包換就是神來之筆：「我乃我是者（I Am who I Am）」（這是馮象先生新譯。有些舊譯本作「我是那我是」或「自有永有」）。英文的be這個動詞，具備了「是／在／生／有」的寬廣意義，涵容無限，奧妙無窮。第一部《天賦之子》第七章，少年歐睿拒用天賦，自己卻不明所以，只能猜測其中一個緣故是，他抗拒讓那種具殺傷力的天賦變成他青春年少的存在質地（原文「I……refused to let it be what I was.」）。深受青少年朋友熱愛的歌唱團體五月天，主唱阿信與團員瑪莎、怪獸合寫過一首歌曲〈約翰．藍儂〉，除了歌頌夢想，也表達他們對英國披頭四合唱團的崇拜。早年，約翰．藍儂曾與搭檔保羅．麥卡尼合寫一首歷久不衰的老歌〈Let it be（順其自然）〉也是一個例子。莎士比亞四大悲劇之一《王子復仇記》的名句「to be? or not to be?」（著名譯法為：「生耶？死耶？」）是另一個例子。這裡讓我們看見，為了表達天地間那個無法言傳的終極，古今中外「藝界和譯界」高人卯足全力，合作締造了文化及文字勝景。現今，勒瑰恩的《道德經》詮釋，將老子的「自然」與英文的「be」對應起來（其他譯家的譯法都比較繁冗），更讓我們瞥見人類內在的豐富層次——又一個「至大無外，至小無內」飄然來到我們面前。「奧妙與奧妙」怡然對坐，兩造穿著不同衣裳的「複製人」，正在相視而笑，也恆在相融為一。

做為道家和易經哲學的崇仰者，勒瑰恩在一篇談論奇幻作品與科幻作品的文章〈Dreams must explain themselves〉中說，她多數作品的情節和行動，與易經及道家哲學同出一源。她深悉道家的世界是有序的，但，那個秩序並非得自外在。此外她還認為，無論是美感真律、或是非真律，都無法由上或由權威強行加諸，它們一概自存於事物中，等著被尋獲、被發現。

勒瑰恩的寫作，見證上述事實。她經常說，她的作品，不管是角色或情節，都是從潛意識裡找來的，從沒刻意去設計或擘畫，她只當探索者，放懷去尋找發現他們——包括他們的心思、相貌、過去……

也許拜同樣的途徑之賜，我也是「發現了」三部曲裡一些角色及事物或神名的譯法：有的第一眼就直覺譯出，相當神妙；有的稍加尋索即定案；有的在譯畢修改時，靈思啟動；也有的在校對期間才臨門一腳。審視那些切合發音與意涵，並且大致呼應勒瑰恩作品內在精神的譯名，不由得心生不可思議的驚嘆。這種「不配得」的好運，並非譯者具備什麼功夫，而是它們自己揭露自己。與勒瑰恩一樣，我找到它們，聽見它們。不僅譯名如此，作品文句及意象的揣摩與把握，很多也是如此。限於篇幅，以下僅擇要分享三個譯名實例——

第一部Melle／湄立（綜合德語及法語發音）：男主角母親的名字，她很早死於非命，家鄉是「Derris Water／德利水」（《道德經》第八章：「上善若水。水善利萬物而不爭，處眾人之所惡，故幾於『道』。」「水」的意象貫串道德經，也貫串三部曲，在作品裡涵意極深。還有，「母親」的意象，也是貫串道德經及三部曲。《道德經》五十二章：「天下有始，以為天下母。既知其母，以知其子。既知其子，復守其母；歿身不殆……。」及其他）。第二部提到，第一部男女主角早夭的女兒也叫湄立。到了三部曲，它又是另一個小女孩的名字，而且那個小女孩由男主角揹著，一起渡越死亡河與重生河。（三部曲中，正向的男角與女角之特質，反映了《易經》乾坤二卦指涉的「行健不息」、「厚德載物」。）

第二部Lero／樂若：濱海居民自古崇拜的一個神明，人稱「那聾者」，以一顆小圓石為象徵，是市場神，也是幸運神，專司「平衡的剎那」。

第三部Miv／明福：一個很年幼、戲分很少的小男奴，在第二章就死於意外。到了全書接近尾聲的十四章，Miv這名字再度出現，卻是那個叫Melle的小女孩短暫使用的假名。（勒瑰恩譯作的註記裡有提到，在老子的認定裡，「嬰幼兒」是個隱喻，恆為「起始」或「萌芽」的體現，也是永不乾涸的泉源，是重新開始之福。《道德經》廿八章：「知其雄，守其雌，為天下谿，常德不離，復歸於嬰兒。」）

此外，這裡還要特別提一下，勒瑰恩的青少年文學作品有個特色，常藉動物與角色的互動，來傳達非屬語言的深度奇妙與溫暖。在這三部曲裡，勒瑰恩甚至不太用「it」指稱動物，而是改用「he／she」這樣的人稱。本書尊重特色，翻譯時按照原文，大都不用動物的

「牠」（雖然閱讀時可能造成小困擾），以便讓勒瑰恩所懷抱的「萬物同一」觀念，依然可以在譯文中流動。

秉持道家隨順自然的原則，但下筆用心的勒瑰恩，十分重視與讀者的關係。她將讀者視為「合作者」及「分享者」：合作完成作者的視象；分享那些本來就存在事物中，只是經由她這個媒介而展現的故事禮物。她說，故事藉著語言、句法、意象、概念、及情感等五個管道說出來，但，就算是技巧最高明的作者也永不可能使那些視象完全具體化；而視象所承載的真理，透過書籍走到即使最能感同身受的讀者面前，往往也是步履踉蹌，很難充分展露真貌。但無論如何，作家還是要放手讓作品飛翔，飛到遠於預期、遠於所能想像的所在。而在那許多誰也無法預知的所在，作品在讀者心中、在精神層面上，或許能夠自己長大到與事物內含的真理齊高。當然，作者（還有譯者與編者）的勤謹努力，是產生那種好果子的起始關鍵。

很感謝（原）繆思的慶雯總編給予機會，讓我先後翻譯了勒瑰恩的地海前三部曲以及「西岸三部曲」。誠如（原）編輯湘吟所說，這是個圓滿的象徵。真的很開心，大家能夠一起為這個圓滿共同努力。過程中，特別感謝辛苦為出版品仔細把關的湘吟。而譯者那沉重又有時限的文字任務，則是衷心感謝有形無形的助力，以及家人的支持。至於深層的點點滴滴，實在難以言表。因為，每個譯者都曉得，翻譯是「戴著手銬腳鐐跳舞」——綁手綁腳，卻還得竭力跳得與原著相契，確實是考驗。不過，既然抱著與勒瑰恩相似的心志，同樣關注生命成長，那麼，想必或早或晚，眼前的勞累都將因筆下文字增益了青少年讀者的精神層面，而消散至九霄雲外。

勒瑰恩從小到老，閱讀不倦。她一生的閱讀體會，或許融於下面這句話：「偉大作家與我們分享的，是他們自己的靈魂。」一本書譯者做為「媒介之媒介」，深盼這三部曲四十多萬字，起碼有讓我們大家跟隨主角，走過他們磅礴的心路；同時，在一同聆聽書中所有角色的笑與淚之際，能將遠在太平洋彼岸、近在我們心中，那個溫暖且智慧的靈魂，傳送給──共同行止於這個塵世的親愛讀者您。

也願我們善用創造天賦，追隨「what『is』」和「I『am』」，繼續講故事，講我們如何跌倒，如何爬起來，並燦然發光的生命故事。誠如歐睿的母親，那位天下的母親，宇宙天心的母親，在作品中代表勒瑰恩發聲的囑咐：「別停」。

繆思系列 030

西岸三部曲I：天賦之子
The Annals of the Western Shore: Gifts

作者　娥蘇拉・勒瑰恩（Ursula K. Le Guin）
譯者　蔡美玲
社長　陳蕙慧
副總編輯　戴偉傑
副主編　林立文
行銷　李逸文
電腦排版　極翔企業有限公司

讀書共和國集團社長　郭重興
發行人兼出版總監　曾大福
出版　木馬文化事業股份有限公司
發行　遠足文化事業股份有限公司
地址　231新北市新店區民權路108之4號8樓
電話　02-2218-1417　傳真　02-8667-1891
Email: service@bookrep.com.tw
郵撥帳號　19588272　木馬文化事業股份有限公司
客服專線　0800221029
法律顧問　華洋國際專利商標事務所　蘇文生 律師
印刷　成陽印刷股份有限公司
二版一刷　2019年10月
定價　新台幣300元

ISBN　978-986-359-723-0

國家圖書館出版品預行編目(CIP)資料

西岸三部曲. I, 天賦之子／娥蘇拉・勒瑰恩（Ursula K. Le Guin）著；蔡美玲譯. -- 二版. -- 新北市：木馬文化出版：遠足文化發行, 2019.10
面；　公分. --（繆思系列；30）
譯自：The annals of the western shore : gifts
ISBN 978-986-359-723-0（平裝）

874.57　　108015369